Fog

AF190621

Danke, Uta. Wie immer.

Enno Reins

Fog

Ein Lozen Graham-Fall

Bibliografische Information der Deutschen Nationalbibliothek:
Die Deutsche Nationalbibliothek verzeichnet diese Publikation in der Deutschen Nationalbibliografie; detaillierte bibliografische Daten sind im Internet über http://dnb.dnb.de abrufbar.

Die automatisierte Analyse des Werkes, um daraus Informationen insbesondere über Muster, Trends und Korrelationen gemäß §44b UrhG („Text und Data Mining") zu gewinnen, ist untersagt.

© 2024 Enno Reins

Herstellung und Verlag:
BoD – Books on Demand, Norderstedt

ISBN: 9783759733573

1.

Der Heavy-Metal-Song lag in seinen letzten Zügen. Lozen löste die Boxbandagen von den Händen, zog die schwarze Cargohose über die glänzenden Muay-Thai-Shorts und den schwarzen Hoodie übers Tanktop. Die Schläfen waren rasiert und das lange schwarze Deckhaar mit blauen Strähnen trug sie gescheitelt zur linken Seite. Lozen begann, die Boxbandagen aufzurollen, und schaute sich dabei um. Eigentlich hatten ihr Freund Lionel und ihr Mitbewohner Johnnie To sich den Kampf anschauen wollen, aber sie konnte sie nirgendwo entdecken. Sie hatten nichts verpasst. Die Gegnerin an diesem Abend war enttäuschend schwach gewesen. Keine Technik, keine Kondition. Lozen fühlte sich nicht befriedigt. Das war das Problem bei den Butterflyfights. Manchmal hatte sie Kämpfe, die sie an ihre Grenzen führten, manchmal welche, die harmloser als Sparring im Gym waren.

Ein glatzköpfiger Kerl mit schweißglänzendem Gesicht und schwammigen Hüften kam zu ihr. Er zeigte stolz auf sein schwarzes T-Shirt, auf dem ein roter Schmetterling mit Reißzähnen und dem Schwanz eines Skorpions zu sehen war, der sie an ein Monster aus einem japanischen Kaiju-Film erinnerte.

„Neues Logo. Geil, oder?", fragte er.

„Kann man das kaufen?"

„Du kriegst eines beim nächsten Mal."

„Cool."

„Dein Geld", sagte er und drückte ihr zerknitterte Dollar-Scheine in die Hand. Es war nicht nur das Preisgeld, sondern auch das, was sie bei den Wetten gewonnen hatte. Ein Geschäft, das er nebenher illegal betrieb. Sie setzte stets auf sich selbst.

„Thanks, Gene."

Gene Montclare war der Organisator der Butterflyfights, bei denen Lozen sich etwas nebenbei verdiente. Zwischen April und Oktober fanden sie draußen in einem Oktagon am Potomac River, am Rande von Washington DC, statt. Im Winter verlegte Gene Montclare die Kämpfe in eine heruntergekommene Lagerhalle in der Nähe des Flusses. In der Mitte befand sich ein behelfsmäßiges Oktagon aus schwarzen Metallgittern, um das herum das Publikum stand. Scheinwerfer leuchteten den Raum aus und tauchten die Betonwände in stahlblaues Licht. In einer Ecke wurden aus einem Food-Truck Softdrinks, Bier und Burger verkauft. In der Halle war es immer sehr warm. Warum, wusste Lozen nicht.

Der Heavy-Metal-Song war zu Ende. Die Musikrichtung wechselte. Deine Bräune sieht nicht echt aus, beklagte ein Rapper.

„Ich will ab nächstem Jahr Bare-Knuckle-Fights machen. Wärst du dabei?", fragte Gene Montclare.

„Yeah, warum nicht."

Sie kämpfte, weil es ihr Spaß machte, sie fokussierte und verhinderte, dass sie zu viele Flaschen Weißwein leerte. Wie und gegen wen sie antrat, war ihr gleich. Ihr Freund Lionel nannten sie liebevoll „Kriegerin". Das fand sie auf der einen Seite platt, auf der anderen Seite gefiel es ihr. Ohne die Kämpfe würde sie durchdrehen. Sie brauchte den Adrenalinpush, die Herausforderung, sie hasst die Langeweile, die aufkam, wenn das Leben nicht mehr als Alltag anbot.

Was ihr an den Butterflyfights gefiel, war der Umstand, dass es kaum Regeln gab. Es war eine unabhängige Kampfreihe, die erst seit Kurzem legal war und live im Internet übertragen wurde. Sie gehörte zu keiner der etablierten Mixed-Martial-Arts-Organisationen wie Ultimates oder Guerreador. Die Kämpfer und Kämpferinnen trugen MMA-Handschuhe, mit denen sie greifen konnten. Außer Tiefschlägen war alles erlaubt. Es gab keine Runden. Gekämpft wurde, bis es vorbei war. Die Qualität der Teilnehmenden war unterschiedlich. Geschlechtertrennung gab es offiziell nicht. Doch Kämpfe zwischen Frauen und Kerlen waren selten.

„Und auf FanPlanet hast du immer noch keinen Bock? Ich kann da was organisieren."

„Sicher nicht."

FanPlanet war ein stark wachsender Webdienst für bezahlten Content, der meist aus erotischen und pornografischen Inhalten bestand, den B- und C-Promis zu Werbezwecken nutzten.

„Deine Gegnerin von heute Abend macht mit."

„Nackt vor einer Kamera ist sie bestimmt besser als im Ring."

Zwei kräftige blonde Typen betraten das Oktagon. Einer hatte ein Hakenkreuz auf den Rücken tätowiert. Lozen zeigte auf ihn.

„Du lässt solche Typen kämpfen?"

„Woher soll ich wissen, welche Tattoos Kämpfer tragen."

„Hm."

„Vielleicht bezieht er sich auf die Swastikas bei den Hopi und Navajos."

„Ganz sicher. Er sieht aus wie der typische Völkerkundler."

Lozen steckte die aufgerollten Bandagen in eine Seitentasche des Rucksacks. Ein Aufschrei des Publikums ließ sie zum Oktagon blicken. Der Hakenkreuzler saß auf seinem Gegner und schlug aufs Gesicht ein. Sie schüttelte den Kopf und zog ihre Springerstiefel an.

„Schneit es noch?", fragte sie.

„Yeah."

Washington DC ging im Schnee unter. Das war wahrscheinlich auch der Grund, warum Lionel und Johnnie To es nicht geschafft hatten.

Der Ringrichter, ein schwarzer Riese mit einem in zwei Zöpfe geteilten Vollbart, schob den Hakenkreuzler von seinem Gegner und erklärte ihn zum Sieger. Gene Montclare schlenderte zum Oktagon und schüttelte dem Gewinner die Hand. Lozen holte das Smartphone aus dem Rucksack. Zwei Nachrichten. Eine von Lionel, der schrieb, dass der Bus wegen des Schnees nicht gefahren war und sie deshalb zu Hause geblieben waren. Lozen antwortete mit dem GIF einer bitterlich weinenden Zeichentrickmaus. Die zweite Nachricht betraf ihren aktuellen Job. „Wir haben sie endlich. Gruß Jack", lautete sie. Das war am Ende schneller gegangen als erwartet, dachte Lozen, die einen schwarzen Parka mit Kapuze über die Schultern warf. Sie ging zum Food-Truck, den zwei Afroamerikanerinnen betrieben. Die eine weinte.

„Was ist los?", fragte Lozen, als sie an der Reihe war.

„Gib Kirche und Anschlag ein", sagte die, die nicht weinte.

„Okay."

„Was kann ich für dich tun?"

„Ein Wasser."

„Ist heiß hier drin, oder?"

„Yeah."

Die Frau stellte die Flasche vor sie. Lozen zahlte bar und stellte sich an einen der Stehtische. Sie gab die Suchbegriffe auf LukOut ein, dem zurzeit angesagtesten Social-Media-Kanal. Das Ergebnis kam schnell. Ein Anschlag auf ein Gotteshaus in DC vor knapp einer Stunde. Sie kannte die Kirche. Sie gehörte zur African Methodist Episcopal Church. Ein ehemaliger Sklave hatte sie Ende des achtzehnten Jahrhunderts gegründet. Die AME-Gemeinden kämpften seit ihren Anfängen für Gleichstellung. Ein gläubiger Bekannter hatte Lozen mal mit dahingeschleppt, als sie fürchterlich bekifft gewesen war. Sie hatte es nicht so mit Göttern. Die akzeptierte sie nur in Superhelden-Comics und Filmen, und auch da mochte sie die sterblichen Metawesen lieber, wie Punch, die lesbische, indigene Superdetektivin.

Lozen startete das erste Video auf der Liste der Suchergebnisse. Es war ein Zusammenschnitt aus Handy-Videos, Überwachungskameras, TV-Berichten und begann mit Aufnahmen, die wohl die Kameras der Kirchenbetreiber gemacht hatten. Ein dicker, afroamerikanischer Pastor mit weißem Bart auf der Kanzel, hinter ihm ein Chor. Vor ihm saßen alte Kerle in dunklen Anzügen, eingerahmt vom Sternenbanner und einer rot-grün-schwarzen Flagge. Die Besucher bestanden überwiegend aus afroamerikanischen Gläubigen. Das Tempo des Videos veränderte sich. Wacklige, unscharfe Handy-Bilder. Ein junger Typ mit kurzem dunkelblonden Haar ging auf die Kanzel zu, hob eine Pistole und feuerte auf den Pastor. Ein schlechter Schütze. Er traf nicht. Der Schuss löste Panik aus. Der Chor ging in Deckung und die Gläubigen auf den Bänken warfen sich auf den Boden. Der Typ schoss erneut auf den Pastor. Der stand nach wie vor hinter der Kanzel. Schockstarre vermutlich. Frustriert, weil er sein eigentliches Ziel nicht traf, feuerte der Typ in die Sitzreihen neben sich, bis das Magazin leer war. Er blieb stehen, wechselte es ohne Eile und schoss wieder auf die Gläubigen. Eine Frau zerrte den Pastor von der Kanzel herunter. Der Typ bemerkte es und schoss. Diesmal traf er. Die Frau und den Pastor fielen zu Boden. Umschnitt. Eine Aufnahme aus einer TV-Nachrichtensendung. Eine weiße Frau erzählte, wie der Typ auf sie gezielt und gesagt habe, sie hätte an einem Ort wie diesem nichts zu suchen. Ein Button der kommenden US-Präsidentin Lucy Kettle steckte am Revers ihrer Jacke. Sie hatte die gerade zurückliegenden Wahlen knapp gewonnen und folgte auf ihren Ehemann, der die vergangenen acht Jahre im Weissen Haus gesessen hatte. Umschnitt auf verwackelte Handyaufnahmen. Der Typ verließ ruhigen Schrittes die Kirche. Umschnitt. TV-Bilder. Vor dem Gotteshaus standen Streifenwagen der Metro-Police. Polizisten richteten ihre Waffen auf den Typen. Er blieb stehen. Hinter den Ordnungshütern stand ein beeindruckender Weihnachtsbaum. Es waren drei Tage bis zum Fest. Der Typ warf die Waffe weg und verschränkte die Arme vor der Brust. Ein Schwenk über die Schaulustigen vor der Kirche. Lozen fiel ein Glatzkopf mit tiefen Falten und grauem Vollbart auf. Der Typ aus der Kirche kniete sich hin und nahm die Hände hinter den Kopf und sagte etwas. Umschnitt. Die Reporterin einer TV-Nachrichtensendung. Sie erklärte, dass der Attentäter behauptet haben solle, dass er nur der Vorbote wäre. Umschnitt. Trauermusik. Bilder aus dem Inneren der Kirche. Offenbar Archivaufnahmen der Gemeinde. Es waren keine Menschen zu sehen. Die Bilder zeigten die zwei Gänge, die zur Kanzel führten, den purpurnen Teppich, die weißen Wände, die Kanzel, das darüber hängende Kreuz, die Orgel, die Ränge aus dunklem Holz. Seltsamer Schluss, dachte Lozen und blickte zur Bierverkäuferin. Die Frauen sahen sich an.

„Krass", sagte sie.

„Yeah."

Lozen nahm die Flasche und ging zum Oktagon. Der Ringrichter, der ebenfalls als Ringsprecher fungierte, stellte die nächsten Kämpfer vor. Zwei ältere Kerle. Einer mit Vollbart, der als „Kiewer Rus" vorgestellt wurde, der andere, ein übergewichtiger Glatzkopf, der den Kampfnamen „Pitbull" trug. Lozen nippte am Wasser. Die Kerle legten los. Verhalten. Vorsichtig. Es würde kein guter Kampf werden, urteilte Lozen. Sie sahen nicht aus, als hätten sie viel Ausdauer. Ein paar Meter entfernt sah sie ihre Gegnerin sitzen. Sie hatte eine Flasche Schnaps in der Hand und knutschte mit einem Typen. Lozens Smartphone piepte. Eine Video-Nachricht von Lionel und Johnnie To. Sie schienen schon einiges getrunken zu haben und gratulierten überschwänglich zum Sieg. Sie mussten den Live-Stream gesehen haben, dachte Lozen.

Der Kiewer Rus und Pitbull schlugen kraftlos aufeinander ein. Öder Fight, dachte Lozen, leerte das Wasser, ging zum Food-Truck, warf die Flasche in den Mülleimer, zog den Parka über und verließ die Halle. Die Schneeflocken waren groß und nass, der Himmel schwarz, die Luft kühl und feucht. Für Washington DC war es ein echt verrückter Winter. Lozen stapfte durch den Schnee, zur Straße, vorbei an einer anderen leerstehenden Lagerhalle. Als sie die Busstation erreichte, stand dort eine Gruppe Menschen, die aussahen, als wären sie bei den Butterflyfights gewesen.

Hoffentlich kommt einer, dachte Lozen. Nicht allzu weit, zwischen irgendwelchen Gebäuden, glänzte das Wasser des Potomac River. Eine Frau in weißer Kunststoffjacke mit Kunstfellkragen, weißer Hose und weißen Boots, die zu einem Bodybuilder-Typen gehörte, erkannte sie und gratulierte zum Sieg. Zu Lozens Erleichterung wurde der Small Talk durch den ankommenden Bus unterbrochen. Sie setzte sich abseits nach hinten. Sie nahm ihr Smartphone und rief ihren Freund an. Ein Video-Call.

„Hey, Kriegerin, guter Kampf", sagte Lionel.

Er hatte lange schwarze Haare und einen Bartschatten.

„Ihr habt ihn euch im Internet angeschaut."

„Natürlich."

Er lallte leicht. Ein junger Typ mit asiatischen Gesichtszügen und Dreadlocks schob sich ins Bild. Es war ihr Mitbewohner Johnnie To.

„Eine schwache Gegnerin", sagte er.

Auch seine Aussprache war nicht mehr ganz klar.

„Absolut."

„Das ist das Problem bei den Butterflyfights. Zu große Qualitätsunterschiede"

„Yeah."

„Aber auf FanPlanet macht sie eine gute Figur."

„Seit wann interessierst du dich für nackte Frauen?"

„Seitdem ich dich kenne."

„Fällt die Sünde der Männerlust endlich von dir ab?"

16

„Bald, Schwester, bald."

„Wo bist du?", fragte Lionel.

„Im Bus, auf dem Weg nach Hause."

„Du hast mehr Glück als wir."

„Ich muss umsteigen. Schauen wir, ob das Glück anhält."

„Wir sind bestimmt noch wach, wenn du kommst. Johnnie hat einen Film ausgegraben, in dem nur Indigene gegen einen Zombievirus immun sind."

„Kenn ich. Lustig. Viel Spaß."

Sie beendete den Videocall und schickte eine kurze Nachricht an ihren Auftraggeber: „Wie es aussieht, habe ich Fog gefunden. Mehr morgen."

Sie steckte die Kopfhörer in die Ohren und startete einen Song. Britischer Hip-Hop. Cool. Relaxt. Was kann mir ein Lebender über den Tod sagen?, fragte der Rapper.

Teil I
Die Diebin

2.

„Die Information ist zuverlässig?", fragte Lozen.

„Hundertprozentig", sagte der Kerl in Rollkragenpulli und Lederhose, mit modischer Kurzhaarfrisur, Dreitagebart, Lachfalten im Gesicht und tätowierten Armen. „Die Adresse ist vier Blocks entfernt. Ein Hotel", sagte der dicke Afroamerikaner, dessen grüner Trainingsanzug durch eine koreanische Serie beliebt geworden war. Die Lachfalte hieß Jack Cebulski, der Trainingsanzug wurde Chen genannt, weil er Mandarin sprach. Lozen wusste nicht, wie sie sie bezeichnen sollte. Sie waren Gestalten, denen sie vertraute, weil sie es in der Vergangenheit unter Beweis gestellt hatten. Was waren sie also? Freunde? Nein, weil sie ihr Geld mit Prostitution und Drogen verdienten und Lozen die Einstellung, die sie dafür brauchten, abscheulich fand. Komplize war ebenfalls nicht das richtige Wort, es klang zu konspirativ, zu sehr nach Geschwistern im Geiste.

Lozen hatte eine schwarze Bomberjacke mit silbernen Reißverschlüssen an, unter der ein Pistolenhalfter zu sehen war, dazu schwarze Jeans und schwarze Springerstiefel. Der Raum, in dem sie saßen, war das Büro des Duos, das zu einer Billardhalle gehörte, die sie auf einer Monitorwand sehen konnte und in der niemand spielte. Für sie war die Halle ein Überbleibsel aus der Vergangenheit, die in ein Museum gehörte und sie an einen Schwarzweiß-Filmklassiker aus den 1960ern erinnerte, in dem es um ein Duell zwischen zwei Spielern ging.

Auf einem Monitor sah Lozen einen Koloss mit schwarzen Haaren und Männerdutt, der an der Theke saß und Kaffee trank. Er war Jack Cebulskis Bodyguard. Neben ihm lag ein riesiger weißer Hund. Das Tier gehörte zu Lozen und hieß Warchoi. Warchoi war in Star City, Lozens Lieblings-Science-Fiction-Serie, die von den Bewohnern einer riesigen Stadt erzählte, die durch den Weltraum schwebte, ein Rakken, ein gigantischer Wolfshund, der den einsamen Sternenkrieger Toburak begleitete. Warchoi mochte Jack Cebulski nicht und Jack Cebulski ging es mit dem den Rakken genauso. Deshalb lag das Tier vor der Theke.

Jack Cebulski saß hinter einem Schreibtisch aus Metall, auf dem ein kleiner Plastikweihnachtsbaum stand, Chen und sie saßen auf dem Ledersofa rechts neben dem Schreibtisch, hinter dem sich ein Fenster befand, vor dem eine Jalousie hing, durch deren aufgestellten Lamellen man sehen konnte, dass es draußen heftig schneite. Laut den Nachrichten war seit Beginn der Wetteraufzeichnungen noch nie so viel Schnee in Washington DC gefallen.

Jack Cebulski stand auf, ging zum roten Kühlschrank, dessen Design aus den 1950ern stammte, holte drei Flaschen Bier heraus, von denen er eine Lozen zuwarf. Dieses Zuwerfen von Flaschen und Dosen war eine Marotte von ihm. Ihr Smartphone gab Geräusche von sich. Sie schaute aufs Display. Es war eine Pushmail von NoW, einer liberalen Newsplattform. Sie öffnete die Nachricht. Eine Developing Story. Das FBI hatte vor achtundvierzig Stunden auf rechtskonservativen Social-Media-Kanälen ungewöhnliche

Aktivitäten registriert und vermutete, dass es eine unangemeldete Demonstration in Washington DC geben würde. Die schien loszugehen.

„Steht unser schönes DC bald in Flammen?", fragte Jack Cebulski.

„Eine Auseinandersetzung am Flughafen mit einer Gruppe, die aus South Dakota eingeflogen ist."

„Ich glaube nicht, dass viel passiert. Was sind schon ein paar Proto-Faschos am Flughafen."

„Du bist ein Optimist. Der Spinner, der gestern in die AME-Kirche marschiert ist, vier Tote, dreiundzwanzig Verletzte, und er war allein. Viele sagen, das war der Auftakt", sagte Chen.

„Es wird viel gesagt", sagte Jack Cebulski. „Blogger behaupteten, dass der Anschlag in der Kirche eine inszenierte Operation unter falscher Flagge gewesen wäre, veranstaltet von Befürwortern der Waffenkontrolle, um die öffentliche Empörung zu schüren, und dass die Gläubigen in der Kirche bezahlte Krisendarsteller gewesen wären."

„Die Welt dreht durch", sagte Chen.

„Zurück zum Geschäft", sagte Lozen.

„Gerne", sagte Jack Cebulski.

„Wie viel kostet mich eure Info?"

„Es wird im Rahmen liegen. Wir suchen die geeignete Aufgabe."

„Hm."

„Hey, freu dich, dass in Zeiten der Inflation wenigstens unsere Preise stabil bleiben."

„Jippie."

Das war der Standarddeal. Sie taten ihr einen Gefallen und verlangten dafür statt Geld eine Gegenleistung. Beim ersten Mal hatte sie Jack Cebulskis Stiefschwester befreit, die ein Konkurrent entführt hatte. Eine Aktion, die mit Toten und einem abgebrannten Haus endete. Die späteren Gefallen waren nicht weniger gewalttätig gewesen.

„Wie viel bringt es dir, wenn du sie ablieferst?", fragte Chen.

„Zwanzigtausend."

„Hat sie ihm so viel geklaut?"

„Yeah."

„Muss ihn geärgert haben."

„Hat es."

„Sie soll gut sein."

„Ich habe Videos gesehen. Sie ist es."

3.

„Gute Jagd, Lenya Watan", sagte Jack Cebulski zu Lozen.

Lenya Watan war in Star City eine skrupellose Kopfgeldjägerin mit einem roten bionischen Auge. Lozen zeigte dem Zuhälter den Mittelfinger, zog die schwarze Hardshell-Jacke und die fingerlosen Handschuhe an und verließ mit dem Rakken die Billardhalle. Der Schnee fiel in dicken Flocken. Ein Auto und ein Metro-Bus schlichen die schlecht geräumte Straße entlang. Sie schloss die Jacke, setzte eine schwarze Seemannsmütze auf, steckte drahtlose Kopfhörer in die Ohren und startete einen Rock-Song. Es ist lange her, dass ich einen neuen Freund gefunden habe, erklärte der Sänger.

Die Billardhalle lag an einer zweispurigen Straße mit Häusern, von denen keines mehr als drei Stockwerke besaß, die meisten höchstens eines. Lozen schaute sich um: ein Nagelstudio, ein Laden für gebrauchte Elektronik, ein Diner, ein Deli mit dem komischen

24

Namen „Rhim", eine Filiale von MoreMarket, also eine Mischung aus Supermarkt und Kaufhaus mit niedrigen Preisen, die man allgemein als Supercenter bezeichnete, dazwischen leerstehende Geschäfte, vor deren Schaufenstern mit bunten Graffitis bemalte Holzplatten hingen. Rechts lag ein Gebäude aus beige-braunem Stein, in dem eine gemeinnützige Organisation saß, die Lozen kannte und deren Ziel es war, die Lebensqualität der Einwohner in einkommensschwachen und benachteiligten Familien in den Bezirken 7 und 8 des District of Columbia zu verbessern, und die beim Kontakt mit Behörden half. Da hatte sie geparkt.

Sie stapfte durch den tiefen Schnee des nicht geräumten Bürgersteigs, stieg mit Warchoi in den Wagen und fuhr im Schneckentempo Richtung Westen. Ihr Smartphone gab einen Ton von sich. Johnnie To hatte ein Foto geschickt, auf dem ihr Garten weihnachtsmäßig geschmückt mit Kugel und Lichterketten zu sehen war. Er und Lionel standen, im Gegensatz zu ihr, total auf den Santa-Claus-Kitsch. Sie schickte ein Daumenhoch-Emoji, weil sie keinen Stress haben wollte.

Sie erreichte einen rötlichen, vierstöckigen Bau, an dem ein Schild hing, das verriet, dass sich im Gebäude ein Hotel mit dem unoriginellen Namen DC Inn befand. Sie parkte gegenüber, stieg mit Warchoi aus, stapfte über die Straße, steckte die Kopfhörer weg, betrat das DC Inn durch eine Glasschiebetür, ging über einen hässlich gemusterten braun-roten Teppich, passierte einen geschmückten Tannenbaum, ignorierte die schlimme Weihnachtsmusik und den misstrauischen Blick der mittelalten Frau an der Rezeption, erreichte den Fahrstuhl, drückte auf den Knopf, wartete, bis der Fahrstuhl kam, stieg ein, als sich die Schiebetür öffnete, und fuhr in den zweiten Stock.

Als der Fahrstuhl stoppte, stieg sie aus und betrat einen zu hell beleuchteten Flur mit dem gleichen Teppich aus dem Empfangsbereich. Der Rakken knurrte.
„Ich finde es hier auch superhässlich, Warchoi", sagte sie.
Chen und Jack Cebulski hatten ihr die Zimmernummer gegeben. Lozen suchte die 213, fand sie, zog die Glock 19, hielt die Waffe versteckt hinter dem Rü-

26

cken und klopfte. Eine schlanke, groß gewachsene Frau mit halblangen schwarzen Haaren, die ihr seltsam bekannt vorkam, öffnete die Tür. Lozen wusste nicht, an wen die Gesuchte sie erinnerte. An KB Velasquez, die transgeschlechtliche Schauspielerin aus dem Star-City-Spin-Off Rebels of Ti`Rak? Vielleicht.

Lozen fand die Frau hübsch und schätzte sie auf Anfang dreißig. Sie war barfuß, trug eine schwarze Trainingshose, einen schwarzen Sport-BH und darüber eine offene schwarze Trainingsjacke ohne Firmenlogo, was Lozen sympathisch fand, weil sie Markenzeichen auf Klamotten nicht mochte. Wenn jemand Werbung durch die Welt schleppte, sollte die Trägerin dafür bezahlt werden, fand sie.

„Ja?", fragte die Frau.

Lozen drückte ihr die Glock 19 in den gepiercten Bauchnabel.

„Drei Schritte zurück, auf den Bauch legen, die Hände auf den Rücken."

Die Frau zögerte.

„Ich habe neunzehn Kugel im Magazin. Haben die in deinem Uterus Platz?", fragte Lozen.

Die Frau ging drei Schritte zurück und legte sich hin.

Warchoi lief ins Zimmer und stellte sich neben sie.

„Du bist nicht das Gesetz", sagte sie.

„Von welchem Gesetz sprichst du?"

„Hm."

„Hände auf den Rücken."

Die Frau folgte der Anweisung. Lozen betrat den Raum und schloss die Tür mit einem Fußtritt.

„Kopfgeldjägerin?", fragte die Frau.

„Glaubst du, dass du was wert bist?"

„Komikerin?"

„Hobbymäßig."

Lozen fesselte die Hände mit einem schwarzen Kabelbinder.

„Nicht bewegen", sagte sie und ging zum Schrank, den sie öffnete und in dem ein Rollkoffer und ein Rucksack standen, die sie herausholte. Im Koffer fand sie Klamotten und einen Führerschein, einen Ausweis und einen Reisepass auf den Namen Kelly Sue Rios.

„Ist Kelly Sue Rios dein richtiger Name?", fragte Lozen, die früher mal eine Kelly gekannt hatte.

„Gibt es etwas anderes als einen richtigen Namen?"

Lozen grinste. Die Frau war ihr sympathisch. Im Rucksack fand sie eine schwarze kugelsichere Weste, eine seltsame Brille mit getönten Gläsern, die Lozen an Motorradbrillen aus den 1920ern erinnerte, schwarze Stiefel, eine schwarze Cargohose und einen schwarzen Hoodie, der aus einem Material bestand, das resistent gegen Messerschnitte war, eine schwarze Balaclava und eine Gürteltasche mit sechs grau-grünen Kugeln in der Größe eines Golfballes. Sie packte die Sachen zurück in den Rucksack und schulterte ihn.

„Raubst du mich aus?", fragte Kelly Sue Rios.

Bevor Lozen antworten konnte, klopfte es an der Tür.

Der Rakken knurrte. Kein gutes Zeichen.

„Erwartest du jemand, Kelly Sue Rios?", fragte Lozen die Frau mit leiser Stimme.

„Nein."

„Wirklich nicht?"

„Wirklich nicht."

Lozen schlich zur Zimmertür, schaute durch den Spion und sah zwei Weiße mit rasierten Schädeln in bunten Winterjacken. Einer von ihnen hatte ein Swastika-Tattoo auf dem Hals, der andere die Othala Rune und die Valknut, ein Symbol aus drei Dreiecken. Sie ging zurück zu Kelly Sue Rios und kniete sich neben sie.

„Da stehen Fascho-Freaks vor der Tür", sagte sie, erneut mit leiser Stimme.

„Ich hab' sie nicht eingeladen."

Auch Kelly Sue Rios sprach jetzt leise. Wieder wurde geklopft. Der Rakken erhob sich und blickte angriffsbereit zur Tür. Lozen signalisierte ihm, ruhig zu bleiben.

Nach einigen Minuten schlich sie zurück zur Tür und schaute durch den Spion. Die Freaks waren weg. Sie ging zum Fenster und schaute auf die Straße. Die Typen standen gegenüber des DC Inn und ignorierten den Schnee, der auf sie fiel.

„Was wollen die von dir?", fragte sie die Diebin.

„Woher soll ich das wissen."

Lozen schrieb eine Nachricht an ihren Auftraggeber, in der sie ihm mitteilte, dass sie die Zielperson in Gewahrsam genommen hatte. Die Antwort kam prompt und gefiel ihr nicht. Wegen des Wetters konnte er frühestens am kommenden Morgen nach DC kommen. Lozen fluchte.

„Läuft was nicht nach Plan?", fragte Kelly Sue Rios.

„Es läuft nie nach Plan", sagte Lozen und rief Jack Cebulski an. „Kann ich sie eine Nacht bei euch unterbringen? Er holt sie erst am Morgen ab."

„Kein Problem. Der Gefallen wird natürlich größer."

„Ich kauf mir `ne Panzerfaust."

Lozen zog eine Grimasse und beendete das Gespräch.

„Wer ist ‚er'?", fragte Kelly Sue Rios.

Lozens Smartphone gab ein Geräusch von sich. Ihr Auftraggeber hatte die Adresse eines Motels beim Pulaski Highway, am Rande von DC geschickte, wo sie seine Leute treffen sollte.

„Wer ist ‚er'?", fragte Kelly Sue Rios erneut.

4.

Vor elf Tagen in New York City.

Zwei bärtige Kerle standen im düsteren, abgefuckten Eingangsbereich eines Hauses, eine grau-grüne Kugel rollte auf sie zu und stieß eine enorme Menge Rauch aus. Innerhalb weniger Sekunden war nichts und niemand zu sehen.

„Ich spule vor", sagte Aslan Dvoskin, der Lozen ein Überwachungsvideo zeigte. Er war Mitglied der Russen-Mafia, über fünfzig, mit ossetischen Wurzeln, geboren und wohnhaft in New York City. Sie hatte schon öfters für ihn gearbeitet. Er akzeptierte, dass sie gewisse Dinge nicht tat, wobei es Lozen nicht um Illegalität, sondern um die Art der Illegalität ging.

Als die Schwaden sich lichteten, lagen die Kerle am Boden.

„Der Rauch, betäubt er die Leute?", fragte Lozen.

„Nein."

„Das heißt, sie schaltet die Personen aus."

„Genau."

„Und sie kann im Rauch sehen."

Er nickte.

„Beeindruckend."

Aslan Dvoskin sah gut aus in dem braunen, langarmigen T-Shirt, fand Lozen, auch wenn Kerle wie er nicht ihr Typ waren. Die Ärmel waren hochgeschoben, die Unterarme muskulös und tätowiert. Am linken waren Brandnarben zu sehen. Die schwarzen Haare waren kurz geschnitten, ein schmaler Bart umrahmte seinen Mund. Schöne Zähne, ein gutes, interessantes Gesicht. Er lächelte sie an. Das konnte er außergewöhnlich gut. Lächeln war seine Superkraft. Es zog jeden in seinen Bann.

„Das ist ihr Markenzeichen. Rauchgranaten, die einen Nebel produzieren, der erstaunlich lang anhaltend ist, in dessen Schutz sie agiert. Deshalb der Spitzname Fog."

„Sunshine würde ja in diesem Zusammenhang keinen Sinn machen."

„Sie ist eine professionelle Diebin. Vor zwei Jahren habe ich von ihr das erste Mal gehört."

Aslan Dvoskin spielte ein zweites Video ab, offensichtlich aus dem Keller des Gebäudes. Zu sehen war ein Raum mit einem lang gezogenen Tisch, grünen Betonwänden und Neonleuchten. Zwei Typen in Unterwäsche zählten Geld, ein Kerl bewachte sie. Die Fahrstuhltür öffnete sich, Kugeln rollten raus und füllten in Sekunden den Raum mit Rauch. Aslan Dvoskin spulte vor, bis eine maskierte, schwarz gekleidete Frau, die eine seltsame Brille mit getönten Gläsern trug, das Geld in einen Rucksack packte. Der Wächter lag bewusstlos am Boden. Von den Unterwäschetypen war nichts zu sehen.

„Sie ist wirklich gut", sagte Lozen.

„Ist sie. Aber sie hat die Überwachungskamera übersehen."

„Oder es war ihr egal."

Er nickte und stoppte das Video.

„Wie viel hat sie dir gestohlen?", fragte sie.

„Eine gute Million."

„Nicht schlecht."

„Bring sie mir."

„Du kennst meine Regeln."

„Ich will Fog nicht töten. Das Geld ist zweitrangig. Ich will wissen, woher sie wusste, wo ich es lagere."

Sie sah ihn skeptisch an.

„Wenn sie es mir sagt, kann sie gehen."

„Kannst du ausschließen, dass sie es selber herausgefunden hat?"

„Ich glaube, einer meiner Leute hat gequatscht."

„Es gibt keine Ehre mehr unter Verbrechern."

Er zog die Augenbrauen hoch.

„Du hast doch bestimmt die befragt, die Bescheid wussten", fragte sie.

„Selbstverständlich. Aber es hat nichts gebracht."

„Verstehe."

Lozen wollte nicht wissen, wie er sie befragt hatte.

„Was weißt du über sie? Wen bestiehlt sie sonst?", fragte sie.

Aslan Dvoskin schob ihr einen USB-Stick rüber.

„Banken, Unternehmer, Leute wie mich. Was mir aufgefallen ist, dass sie wiederholt Konzerne ausgewählt hat, die sich nicht um die Umwelt scheren."

„Wow, eine Ökoeinbrecherin."

„Man kann kriminell und umweltbewusst sein."

„Überlieferte Weisheit von El Lobo?"

El Lobo war ein legendärer Drogenbaron aus Mexiko.

„Hey, Kokain, Marihuana und Heroin sind Naturprodukte."

5.

Jetzt.

Lozen drückte die verrostete Metalltür auf der Rückseite des Hotelgebäudes auf und schob Kelly Sue Rios
in die Gasse. Der Rakken folgte ihnen.

„Du willst mir nicht sagen, wer die Ärsche waren?",
fragte Lozen, die den Rucksack der Diebin auf den
Rücken und den Rollkoffer in der linken Hand trug.

„Ich habe keine Ahnung. Ich schwöre."

Sie stapften durch den Schnee, der in der Gasse fast
bis an ihre Knie reichte, und gelangten zu einer Straße, auf der kaum Verkehr herrschte. Sie mussten zu
Fuß zur Billardhalle, weil die Typen bei Lozens Wagen standen.

„Wir machen einen kleinen Spaziergang von vier
Blocks."

„Wie schön. Ich habe mich heute noch nicht viel be-
wegt."

„Versuch nichts. Deine Hände sind gefesselt. Bei dem Schnee ein echtes Handicap. Der Rakken würde dich einholen."

„Rakken? Ich mag Star City."

Die Frauen marschierten los. Warchoi, der kein Problem mit dem tiefen Schnee hatte, lief vorweg. Sie begegneten wenigen Menschen. In den Geschäften, die sie passierten, gab es kaum Kunden.

„Ich mag Schnee", sagte Kelly Sue Rios.

„Wie schön für dich."

„Ich war mal in der Nähe von Santa Fe Ski fahren."

„Warum erzählst du mir das?"

„Bist du nicht von da?"

Lozen stoppte. Die Diebin hatte recht. Sie stammte aus New Mexico.

„Wie kommst du darauf?"

„Dein Tonfall. Und du siehst wie eine Apachin aus."

„Hm."

Es stimmte. Lozen war eine Chiricahua-Apachin.

Die Frauen blieben an einer roten Ampel stehen. Ein Räumfahrzeug fuhr an ihnen vorbei. Auf der gegenüberliegenden Straßenseite kämpfte sich ein älterer

Herr mit Rollator durch den Schnee, kam an einer Bar vorbei, deren Tür sich öffnete. Zwei Betrunkene torkelten auf den Bürgersteig, um zu rauchen. Rechts befand sich unter einer Brücke eine Zeltsiedlung von Obdachlosen, wo Mitglieder der Metro-Police, wie jedes Jahr kurz vor den Festtagen, Socken und Snacks verteilten.

„Wie hast du mich eigentlich gefunden?", fragte die Diebin.

„Glück."

„Glück? Glaub ich nicht dran."

„Glück ist eine Superkraft."

Jack Cebulski und Chen hatten lange gebraucht. Dann hatten sie einen Hehler der Diebin ausfindig gemacht, der ihnen eine Adresse im Darknet genannt hatte, über die Kunden Kontakt mit Kelly Sue Rios aufnehmen konnten. Schließlich hatten sie einen Termin im DC Inn abgemacht, allerdings nicht in Zimmer 213. Dort war die Diebin vor einem Tag eingezogen. Wohl, um sich abzusichern. Jack Cebulski und Chen hatten ein solches Vorgehen erwartet und deshalb das Hotel überwacht. Nur eine Frau war in den 48 Stunden vor dem Treffen aufgetaucht. Lozen hatte nicht gefragt, wie die beiden den Hehler gefunden hatten und wie sie die Diebin von einem persönlichen Treffen überzeugen konnten. Jack Cebulski und Chen mochten keine Fragen und sie respektierte das.

Die Ampel sprang um. Der angezeigte Countdown unter der weißen Hand zeigte an, dass die Fußgänger dreißig Sekunden lang Zeit hatten, die Straße zu überqueren. Schnee und Wind nahmen zu.

„Fuck", sagte Lozen.

„Ich hätte es nicht besser sagen können."

„Ich finde, Fuck ist ein gutes Schimpfwort."

„Kein Widerspruch von mir."

„Schön."

Sie brauchten eine halbe Stunde für die vier Blocks. Lozen schob ihre Gefangene in die Billardhalle. Jack Cebulski, Chen und der Bodyguard tranken an der Bar Bier. Musik lief. Weihnachtskitsch. Es ging um ein Rentier mit roter Nase.

„Wie ist das Wetter draußen?", fragte Jack Cebulski.

„Sonnig mit Fleischklöpsen."

„Hurra, endlich ein Hoch."

„Klappt das bei dir?"

„Verdammt, ich bin an eine Bande von Witzbolden geraten", sagte die Diebin.

„Wo kann ich sie hinbringen?", fragte Lozen.

„In den ersten Stock. Ich zeig`s dir", sagte Chen.

Sie gingen über eine enge, knarrende Holztreppe in den ersten Stock, der schlecht beleuchtet war. Chen öffnete eine massive Holztür, die in einen Raum führte, dessen Fenster mit Holzbrettern vernagelt war. Es gab ein Bett und einen Nachtisch, auf dem ein altes Laptop lag.

„Ein Computer?", fragte Lozen.

„Keine Sorge. Kein WLAN, und der Rechner ist außerdem so konfiguriert, dass man keine Nachrichten verschicken kann."

„Warum steht er dann hier?"

„Hab' Serien und Filme darauf gespeichert."

„Seid ihr immer so nett zu euren Gefangenen?"

„Wir haben keine Gefangenen, wir haben Gäste."

„Klar, das hier ist besser als ein Club-Urlaub."

Sie zeigte fragend auf den Plastikvorhang, der in einem Türrahmen hing.

„Dahinter sind Klo und Dusche", sagte er.

Lozen zog das Karambit aus der rechten Hosentasche, wobei die klauenförmige Klinge heraussprang. Das Karambit war ihre Lieblingswaffe, ein Messer, mit einem Ring für den Zeigefinger. Wenn man einen harten Schlag einsteckte und die Hand sich öffnete, verhinderte er, dass man das Messer fallen ließ. Lozen schob die Diebin in den Raum und zerschnitt die Kabelbinder. Kelly Sue Rios rieb sich die Handgelenke und schaute sie merkwürdig an.

„Cooles Messer", sagte die Diebin. „Eine Freundin von mir hat es immer benutzt."

„Das freut mich für sie."

Lozen verließ den Raum, Chen verschloss die Tür. Der Rakken legte sich vor die Tür. Ein Zeichen, dass er die Diebin mochte.

„Sie scheint nett zu sein", sagte Chen.

„Findet Warchoi auch."

Chen grinste.

„Ich komm gleich nach", sagte Lozen, setzte sich auf die Treppe und rief Lionel an. Sie stellte das Smartphone auf Videocall.

„Hey", sagte Lionel.

Er saß auf dem Sofa.

„Hey."

„Du kommst heute Abend nicht."

„Wie kommst du drauf?"

„Sonst würdest du während eines Auftrags nicht anrufen."

„Wir kennen uns schon zu lange."

„Sagt Johnnie auch immer."

„Ich glaube, er ist auch ein bisschen in dich verliebt."

„Ich hoffe nicht."

„Was hoffst du nicht?", fragte Johnnie To, der sich wie am Vortag ins Bild schob.

„Dass du nicht in Lionel verliebt bist."

„Den Typen kann nur eine Frau wie du lieben."

„Was für eine Frau bin ich denn?"

„Eine, die nie da ist."

„Wann genau hattest du noch mal deine letzte Beziehung?"

„Mir reicht mein Leben mit euch zwei. Für mehr reichen meine Nerven nicht."

Lionel wechselte das Thema.

„Wann kommst du? Weißt du das schon?", fragte er.

„Irgendwann morgen Vormittag. Gab wegen dem Wetter eine Verzögerung."

„Du verpasst mein rotes Curry. Und ich hab' einen super Naturwein gekauft", sagte Johnnie To.

„Viel Spaß damit, Jungs", sagte sie und legte auf.

Sie schaute zu Warchoi, der noch immer vor der Tür lag, stand auf und ging hinunter in die Billardhalle, wo ein dicklicher, asiatischer Junge Kartons auf die Theke stellte.

„Willst du mitessen?", fragte Chen.

„Was gibt es?"

„Was Koreanisches. Von Rhim."

„Rhim?"

„Hat im Haus nebenan einen Deli und kocht mittags und abends."

Lozen erinnerte sich, dass sie den Laden gesehen hatte.

„Sie ist vor vierzig Jahren aus Nordkorea abgehauen", sagte Jack Cebulski. „Eine toughe Bitch."

„Und sie kann kochen?"

„Auf jeden Fall."

„Wir haben eine Esserin mehr, Fouad", sagte Chen zum Bodyguard.

„Ich will euch nichts wegessen", sagte Lozen.

44

„Keine Sorge. Rhim schickt immer reichlich."

Über der Theke hing ein stummgeschalteter Fernseher, auf dem eine News-Sendung lief, in der es laut der Grafik um die FBI-Warnung ging. Bodyguard Fouad platzierte Teller auf der Theke, dazu Stäbchen, und öffnete die Kartons. Ein angenehmer Essengeruch verbreitete sich.

„Riecht lecker", sagte Lozen.

„Ist es. Und kein Glutamat", sagte Jack Cebulski, der sich setzte und auffüllte.

„Auf so was achtest du?"

„Dürfen Kriminelle nicht auf ihre Gesundheit achten?"

„Kriminelle dürfen ihrem Verständnis nach alles. Deshalb heißen sie Kriminelle."

Lozen schaute sich in der leeren Billardhalle um.

„Habt ihr eigentlich Kunden?"

„Du fragst das jedes Mal, und jedes Mal erkläre ich dir, dass Billard voll im Kommen ist."

„Sicher. Und bald tragen wir wieder Melonen auf dem Kopf und kämpfen mit Spazierstöcken."

„Du bist lustig."

„Witzig. Ich bin witzig."

„Was wollen wir trinken?", fragte Chen.

Er war ein Biergourmet und sorgte dafür, dass es eine gute Auswahl gab.

„Ich bin für das Schweizer Pale Ale", sagte Lozen.

„Gute Wahl."

Bodyguard Fouad holte das Bier und verteilte die Flaschen. Auf einmal flackerten die Lichter über den Billardtischen, der Fernseher ging aus, dann war es dunkel. Es gab ein komisches, klingelähnliches Geräusch.

„Uh, die Geister kommen", sagte Chen und aktivierte die Taschenlampenfunktion auf seinem Smartphone.

Lozen sah ihn fragend an.

„Bis 1854 war an diesem Ort ein Sklavenmarkt. Ein Typ aus Maryland machte in den 1970ern aus diesem Gebäude eine Billardhalle. Ich habe im Netz einen alten Zeitungsartikel gefunden, in dem er erzählt, dass das Gebäude von den Geistern der Sklaven heimgesucht würde, die ihr Kommen durch ein Klingeln ankündigten."

„Ich liebe Spukgeschichten."

„Ich auch", sagte Chen.

Auf Lozens Telefon gingen Pushmails von NoW ein. Offenbar funktionierte das Handy-Netz noch, was bei lokalen Stromausfällen nicht ungewöhnlich war. Sie öffnete die erste. Das FBI hatte sich geirrt. Es war nicht um eine einfache Demonstration gegangen. Sie fluchte.

„Was ist los?", fragte Chen.

„Die Horde und ihre Sympathisanten versuchen, das Capitol und das Weiße Haus zu stürmen. Es gibt Aufmärsche in der ganzen Stadt."

„Diese Wichser."

Die Horde war eine rechte Schlägertruppe, die vor Monaten in DC aufgetaucht war. Auf LukOut und der Konkurrenz von BeCuul wurden regelmäßig kommentarlose Videos publiziert, die die Zerstörungswut der Horde dokumentierten. Wie ein Franchiseunternehmen war sie in andere Städte expandiert.

„Sind sie verantwortlich für den Stromausfall?", fragte Chen.

„Scheint so."

„Hab' nicht gedacht, dass sie dazu fähig sind."

Die Horde war nicht greifbar, weil es keine offizielle Organisation gab, kein Gesicht, das für die Gruppe sprach. Die Mitglieder trugen Masken, die aussahen, als wären sie aus Holz. Sie hatten verschiedene Formen und Farben, glichen sich in den großen schwarzen Augen, die den Trägern etwas Unheimliches und Monsterhaftes gaben. Lozen war in der Vergangenheit mit der Horde aneinandergeraten. Vor Kurzem hatte ein Ableger, der sich Goldene Horde nannte, von sich reden gemacht, weil er brutaler vorging und Menschen umbrachte. Ihre Masken unterschieden sich von denen der Horde durch einen goldenen Punkt auf der Stirn.

Lozen ging auf LukOut, suchte nach Videos, fand welche und startete eins. Maskierte kämpften vor dem Capitol mit den Sicherheitskräften, die vor einem Zaun standen, der das Gebäude umgab. Dasselbe vor dem Weißen Haus. Aber es sah nicht so aus, als würden sie es in die Gebäude schaffen. Sie schaute sich weitere Videos an. Auffällig war ein Typ mit einer Maske mit brennenden Hörnern. Er schien den Angriff aufs Capitol anzuführen und tauchte in mehreren Clips auf. Lozen las aktuelle Meldungen. Die Horde hatte den Sitz des National Democratic Committee und die Botschaft von China gestürmt. Sie teilte die Informationen mit den anderen.

„Das ist nicht gut", sagte Chen.

Sie schwiegen eine Weile. Lozens Smartphone piepte. Eine Nachricht von Lionel. Er wollte wissen, ob sie die Nachrichten gesehen hätte und bei ihr auch der Strom ausgefallen wäre. „Ja", schrieb sie zurück.

„Was jetzt?", fragte der Bodyguard.

„Das wird länger dauern", sagte Chen.

„Wir brauchen Licht und Wärme", sagte Jack Cebulski.

„Wir finden bestimmt was im MoreMarket", sagte Lozen.

„Gehen wir rüber", sagte Jack Cebulski, der von irgendwoher eine Taschenlampe holte.

6.

Lozen und Jack Cebulski standen vor dem MoreMarket, einem flachen, einstöckigen Gebäude, vor dem
ein zugeschneiter Weihnachtsbaum stand. Menschen
strömten hinein und hinaus.

„Kennst du dich da drin aus?", fragte Lozen.

„In der Lebensmittelabteilung."

„Wie groß ist der Laden?"

„Riesig."

Sie betraten das Supercenter. Das Licht war diffus wie
in einer Geisterbahn und kam von Taschenlampen
oder Taschenlampenfunktionen auf den Smartphones.
Menschen eilten durch die Gänge, schoben voll bela-
dene Einkaufswagen aus dem dunklen Laden, ohne zu
bezahlen, was Angestellte erfolglos zu verhindern
suchten.

Lozen besorgte einen Einkaufswagen. Sie gingen vorbei an Plünderern, die sich um Milch und Tiefkühl-
pizza stritten, passierten einen ruhigeren Bereich, in
dem Schreibwaren in den Regalen lagen, kamen in die

Kleidungsabteilung, wo sie kurz entschlossen fünf Winterjacken mitnahmen. Im Bereich für Kerzen und andere Leuchtmittel warf eine Frau mit Baby vor dem Bauch einem dicklichen Typen in Polizeiuniform eine Packung Kerzen zu. Jack Cebulski sah einen schlaksigen Typen mit Bibermütze, dessen Wagen randvoll mit Kerzen und Camping-Fackeln gefüllt war, ging zu ihm, trat ihm zwischen die Beine, packte den Einkaufwagen und grinste Lozen an.

„Wie siehts mit Lebensmitteln und Wasser aus?", fragte sie.

„Glaubst du, der Stromausfall wird länger als ein, zwei Tage dauern?"

„Nope."

„Dann müssten wir auch ohne Kühlschrank und Kühltruhe durchkommen. Wir haben Bier, Wasser und Burger, Hotdogs und jede Menge Chips."

„Du meinst, es ist besser durch Cholesterin als durch die Horde zu sterben?"

Jack Cebulski entdeckte einen Outdoor-Grill auf Rädern.

„Den nehmen wir mit."

Nachdem sie Grillkohle in den Einkaufswagen geworfen hatten, durchquerten sie das Supercenter, sahen, dass am Ausgang eine Massenschlägerei ausgebrochen war, drehten um und fanden eine Tür, die aus dem Verkaufs- in den Lagerraum führte. Die Laderampe war geschlossen. Sie schauten sich um.

„Da", sagte Jack Cebulski und zeigte auf einen roten Kasten mit einem roten Knopf, mit dem man die eiserne Jalousie der Rampe öffnen konnte.

„Genau, elektrische Türöffner funktionieren bei einem Stromausfall am besten", sagte Lozen und zeigte auf die Metall-Tür neben der Rampe. Der Schlüssel hing an einem Band an der Wand.

7.

Das Licht der Kerzen tauchte die Billardhalle in ein bräunliches, angenehmes Licht. Sie trugen die mitgebrachten Winterjacken, weil es schnell kalt geworden war. Lozens Smartphone lag auf der Theke. Ein Video lief. Der scheidende US-Präsident Adam Kettle und seine Ehefrau Lucy waren gemeinsam vor die Kameras getreten, hatten die Bürger und Bürgerinnen der Stadt aufgefordert, in ihren Häusern und Wohnungen zu bleiben, und versicherten, dass die Metropolitan Police und die herbeigerufene Nationalgarde die Sicherheit in der Stadt wiederherstellen würden.

„Sie sagen nicht, wie lange der Stromausfall dauern wird", sagte Jack Cebulski.

Lozen stoppte das Video in dem Moment, als sich Adam und Lucy Kettle umarmten. Sie waren ein unwirkliches Paar, fand sie. Sie war blond, zehn Jahre jünger als er und einen Kopf kleiner. Eine ehemalige Miss Rhode Island, Anwältin einer renommierten Kanzlei in New York und Mutter einer Tochter und eines Sohnes. Der Präsident war knapp über eins achtzig. Das leichte Übergewicht wurde vom Anzug verschleiert. Er sah sportlich und gesund aus. Die Gesichtshaut saß straff auf dem Schädel. Er sah nicht aus wie Ende fünfzig, sondern eher wie Anfang vierzig. Die Klatschpresse vermutete, dass Adam A. Kettle öfters einen Schönheitschirurgen am Bodensee seine Fassade überarbeiten ließ.

„Wie sieht`s mit deinem Akku aus, Lozen?", fragte Chen.

„Halbleer. Und keine Powerbank."

„Hab' auch keine."

In diesem Augenblick öffnete sich die Eingangstür und zwei schneebedeckte Typen traten ein. Lozen erkannte sie. Es waren die zwei Typen vom Hotel. An ihren Gürteln hingen Masken der Horde. Sie mussten ihr und der Diebin gefolgt sein – und sie hatte es nicht bemerkt, stellte Lozen verärgert fest.

„Was kann ich für euch tun, Jungs? Findet ihr das Weiße Haus nicht?", fragte Jack Cebulski.

„Wir wollen die Diebin", sagte der mit den Runen-Tattoos am Hals.

„Wer soll das sein?", fragte Chen.

„Ich rede nicht mit dir."

„Ihr verschwindet besser", sagte Jack Cebulski.

Die Typen sahen ihn herablassend an.

„Warum hängst du mit diesem Pack ab?"

„Haut ab."

„Du weißt, was draußen los ist?"

„Abgang, Jalla, Bye, Sayonara, Ciao."

Die Typen drehten sich um und verließen die Halle.

Chen sah fragend zu Lozen.

„Ich sprech` mit ihr", sagte sie.

8.

Eine Bogenschützin erschoss einen Zombie auf dem Klo. Kelly Sue Rios lag auf dem Bett, die Decke um sich gewickelt, und schaute auf dem Laptop eine südkoreanische Serie, die Lozen kannte und mochte.

„Guter Stoff", sagte sie und warf der Diebin die verbliebene Winterjacke zu.

„Ja. Mobbing als Überthema für eine Zombieserie ist originell. Schade, dass der Akku nicht mehr lange hält."

Kelly Sue Rios zog die Jacke an. Lozen schloss die Tür hinter sich und lehnte sich an sie.

„Die Typen aus dem Hotel sind aufgetaucht", sagte Lozen.

„Wirklich?"

„Yeah."

„Sie sind uns gefolgt. Und wir haben es nicht gemerkt."

„Man sollte diese Herrenmenschen nie unterschätzen."

„Das ist so."

„Was wollen sie?"

Kelly Sue Rios sah zu Lozen.

„Warum willst du das wissen?"

Lozen sah die Diebin an.

„Wen hast du in letzter Zeit ausgeraubt?", fragte sie.

„Werde ich dir bestimmt nicht sagen."

9.

„Hat sie was gesagt?", fragte Chen, als sich Lozen an die Theke setzte.

„Natürlich nicht. Hast du was anderes erwartet?"

„Was machen wir?", fragte Jack Cebulski.

„Am Morgen bring ich sie weg, und es ist total egal."

Jack Cebulski ging zum Grill aus dem MoreMarket, der mit Kohle gefüllt vor der Theke stand.

„Ich habe Hunger", sagte er und hielt einen Grillanzünder hoch.

„Tolle Idee, willst du uns umbringen?", fragte Chen.

„Was? Wieso?"

„Ein Holzkohlegerät in einem geschlossenen oder halbgeschlossenen Raum zu nutzen ist eine blöde Idee. Selbst bei offenen Türen und Fenstern bildet sich Kohlenmonoxid", sagte Lozen.

„Hm."

„Nie auf der Seite des Ministeriums für Heimatschutz gewesen, was?", fragte Chen und fügte hinzu: „Da stehen solche Dinge."

„Wozu haben wir dann Holzkohle und den Grill mitgenommen?", fragte Jack Cebulski.

„Um ihn auf dem Dach anzuzünden."

„Wo hoffentlich schon die Lebensmittel stehen. Damit sie kühl bleiben", sagte Lozen.

Jack Cebulski sah sie an.

„Du bist eine echte Survival-Tussi."

„Ich weiß nicht, was eine Survival-Tussi ist."

„Ich hab' die Lebensmittel aufs Dach gebracht", sagte Chen.

Lozens Smartphone piepte. Eine Voice-Nachricht. Von Lionel, der sich erkundigte, ob in ihrer Gegend die Horde unterwegs wäre. Ja, antwortet sie und ergänzte, er solle sich keine Sorgen machen. Er antwortete nicht. Er hatte vor Langem begriffen, mit was für einer Frau er eine Beziehung führte

10.

„Wie spät ist es?", fragte Jack Cebulski. „Mein Smartphone hat den Geist aufgegeben. Ich brauch echt ein Neues."

Lozen schaute auf ihres. Der Akku-Balken näherte sich dem roten Bereich. Auch sie sollte sich ein neues besorgen, dachte sie und sagte ihm die Uhrzeit:

„Ist kurz nach sieben."

„Mir kommt es später vor."

Sie saßen zu viert in den Winterjacken an der Theke und tranken Tee, den Chen auf dem Grill zubereitet hatte.

„Scheiße, ist das kalt", sagt Bodyguard Fouad und rieb sich die Hände.

„Wir hätten Handschuhe mitnehmen sollen", sagte Jack Cebulski.

„Ich komme mir vor, als wären wir die Helden in einem Endzeitfilm", sagte Chen.

„Ich mag Endzeitfilme", sagte Lozen.

„Welcher ist dein Favorit?"

„Titel vergessen. Ein Typ und sein junger Sohn reisen durch die verwüsteten USA Richtung Küste."

„Kenn ich. Super Film."

„Kannst du dich an den Titel erinnern?"

„Nope."

„Findet ihr es gut für unsere Stimmung, über Filme zu sprechen, in denen es um eine miese Zukunft geht?", fragte Jack Cebulski.

„Zukunft ist eine Illusion", sagte Lozen.

„In welchem Glückskeks hast du das denn gelesen?"

Die Eingangstür der Billardhalle wurde aufgetreten. Ein maskiertes Mitglied der Horde warf eine brennende Flasche, die beim Aufprall zersplitterte und einen Billardtisch in Brand setzte. Der Maskierte stieß einen Siegesschrei aus und verschwand nach draußen. Bodyguard Fouad holte ohne Hektik von hinter der Theke einen Feuerlöscher und löschte die Flammen.

„Der war nicht allein", sagte Lozen und ging mit gezogener Waffe zum Eingang. Jack Cebulski kramte eine 45er Magnum unter der Theke hervor und folgte ihr, genauso wie Fouad. Chen ging auf die andere

Seite der Halle, wo beim Eingang ein Stuhl auf einem Holzpodest stand, unter dem er eine abgesägte Schrotflinte hervorholte und ihnen folgte.

Lozen drückte die Eingangstür auf und sie gingen nach draußen. Tote Straßenlaternen und Neonzeichen, dunkle Fenster in den benachbarten Häusern. In der Ferne waren Polizeisirenen zu hören. Der Schneefall war stark, der Himmel rotgefärbt. Einzige Lichtquelle waren die Fackeln der Horde. Um die zwanzig, schätzte Lozen. Sie sah keine Feuerwaffen, dafür Baseball-Schläger, Äxte, Hämmer, Messer und Holzlatten. Viele hielten Bierdosen oder Schnapsflaschen in der Hand. Fünf oder sechs Maskierte begannen, näher zu kommen und dabei seltsamerweise zu tanzen, wobei sie schrien und obszöne Gesten machten. Sie waren völlig betrunken, dachte sie.

„Und nun?", fragte Chen.

Lozen stürmte auf einen der Tänzer zu, stieß ihn zu Boden und trat aufs Kniegelenk. Der Tänzer schrie vor Schmerz. Die Mitglieder der Horde schauten sich unsicher an und zogen sich zurück.

„Das war einfach", sagte Jack Cebulski.

„Sie waren noch nicht betrunken genug", sagte Lozen.

Sie merkte, dass ihre Hände leicht zu zittern begannen, und zündete sich einen Joint an. Nach ein paar Zügen waren die Hände ruhig. Seit einigen Jahren ging es so. Sie wusste, dass sie den Preis für ihre aufreibende Tätigkeit zahlte, die sie immer wieder zwang, Grenzen zu überschreiten, was nicht hieß, dass sie den Zustand akzeptierte. Sie musste mit ihm leben und überleben.

Sie beugte sich zum Tänzer und zog ihm die Maske ab. Ein junger Typ mit Sommersprossen und roten Haaren. Er weinte. An seinem Gürtel hing eine Axt mit einem langen, dünnen Kunststoffschaft und einer halbmondartigen Klinge, wie Lozen sie aus Wikingerfilmen kannte. Sie warf den Joint weg und strich über die Klinge. Sie war scharf. Sie öffnete den Gürtel, nahm ihm die Waffe ab, öffnete ihren Gürtel und zog ihn durch die Schlaufe der Nylonscheide, in der die Axt steckte.

„Machst du jetzt einen auf Schildmaid?", fragte Jack Cebulski.

„Ich bin seit meinem ersten Leben eine Schildmaid."

„Ich wusste nicht, dass du auf Wikinger stehst."

„Bester Film oder Serie?", fragte Chen.

„Odins Armee."

Odins Armee war ein oscarprämierter Film aus den Neunzehnhundertfünfzigern mit dem damaligen Superstar Gawain Foster als ehrgeizigem Krieger, der Jarl werden will.

„Ein Klassiker."

„Gawain als Wikingerprinz war groß."

Der Tänzer stöhnte. Lozen schaute in seine verweinten Augen. Er konnte dem Blick nicht standhalten. Sie stand auf und ging mit den anderen zurück in die Billardhalle.

„Vorschläge?", fragte Jack Cebulski.

„Sichern. Eingang, die Fenster im Erdgeschoss", sagte Lozen.

„Wir haben Rollläden aus Metall. Mechanisch."

„Fahr sie runter."

„Mach ich."

Das Gebäude, in dem sich die Billardhalle befand, war zweistöckig.

„Die Stockwerke über uns?"

„Das erste gehört zur Halle. Fenster sind ungeschützt. Im zweiten sind Büros von irgendwelchen Firmen. Weil heute Sonntag ist, dürfte niemand da sein."

Lozen rieb sich den linken Arm, was sie stets tat, wenn sie nachdachte.

„Vernagelt die Fenster, damit sie keine Brandsätze ins Gebäude werfen können."

„Womit?", fragte Jack Cebulski.

„Macht die Möbel der Büros zu Kleinholz. Reicht es nicht, tuckert Stoff- oder Plastikplanen vor die Fenster."

„Hey, warum sagt uns die Kleine, wo es längs geht?", fragte Bodyguard Fouad und schaute dabei Lozen herausfordernd an.

„Weil sie weiß, wie es geht", sagte Chen.

Er und Jack Cebulski wussten, dass sie früher bei der US Army und später Ermittlerin beim CID gewesen war.

„Aber lohnt sich der Aufwand? Falls sie wiederkommen, warum geben wir ihnen nicht einfach die Diebin?"

Chen sah Fouad grimmig an.

„Du weißt, was die Horde will?"

„Yeah. Die Schlampe im ersten Stock."

„Die Typen finden Libanesen wie dich auch scheiße."

„Weiß ich."

„Aber trotzdem willst du jemanden an die ausliefern?"

„Wenn ich dadurch unbeschadet durchkomme."

Chen schüttelte deprimiert den Kopf.

„Mach, was Lozen sagt."

Fouad starrte Chen an.

Lozen ging wieder nach draußen. Der Tänzer war wie erwartet verschwunden. Eine Fackel lag im Schnee und brannte noch. Auf der Straße war kein Mensch zu sehen. In der Ferne waren nach wie vor Polizeisirenen zu hören.

„Wie schätzt du die Lage ein, Lozen?", fragte Jack Cebulski, der ihr gefolgt war.

„Wenn wir Glück haben, saufen sie den Rest der Nacht, wenn wir Pech haben, sitzen wir bald in Walhalla und prosten Odin zu."

11.

Lozen ging aufs Flachdach der Billardhalle. Es gab keine Brüstung. Ein leichter Wind ging, es war kalt, sie hörte Polizeisirenen. Die Straße war menschenleer. Sie schaute sich um. Auf der rechten Seite des Daches trennte ein Parkplatz das Gebäude vom nächsten. Links gab es ein direkt angrenzendes Haus in gleicher Höhe, an dessen Front ein Gerüst hing. Sie ging nach hinten. Das nächste Gebäude war etwa zwanzig Meter entfernt, dazwischen eine freie Fläche, mit einem Zaun in der Mitte, einem Müllcontainer, einer Garage und einem zugeschneiten Auto davor. Sie hörte jemand aufs Dach kommen und drehte sich um. Es war Chen.

„Hey."

„Hey."

„Wie ist die Lage?", fragte er.

„Das ist das Problem", sagte sie und zeigte aufs direkt angrenzende Haus. „Was ist da drin?"

„Nichts. Das Gebäude wird renoviert."

„Hm."

„Was machen wir?"

„Ich muss darüber nachdenken."

„Ich will Rhim holen. Asiaten sind nicht beliebt bei der Horde. Kommst du mit?"

Lozen nickte nach einem kurzen Zögern.

„Gib mir zehn Minuten. Ich will noch mal mit Fog reden."

12.

Als Lozen die Tür öffnet, lag Kelly Sue Rios nach wie vor auf dem Bett und schaute die koreanische Zombie-Serie. Warchoi lief zu ihr.

„Der Akku vom Laptop ist super", sagte sie und kraulte dabei den Kopf des Rakken.

„Scheint so."

„Yeah."

„Wir müssen reden."

„Tatsächlich? Worüber?"

Lozen sagte nichts.

„Hast du dich unsterblich in mich verliebt und überlegst nun, mich freizulassen?", fragte Fog.

„Genau. Die Frage ist: Liebst du mich auch?"

„Total. Frauen, die mich auf den Teppich legen und fesseln, erobern mein Herz im Sturm."

„Du stehst auf Sturm?"

„Ich bin professionelle Seglerin."

„Zurzeit nimmt uns jemand den Wind aus den Segeln."

Sie erzählte Kelly Sue Rios von der Horde.

„Was willst du?", fragte die Diebin, als sie fertig war.

„Wissen, warum die hinter dir her sind."

„Ich habe keine Ahnung."

„Dann frage ich nochmal: Wen hast du in letzter Zeit ausgeraubt?"

„Warum sollte ich dir das erzählen? Ich weiß nicht mal deinen Namen."

Warchoi kletterte aufs Bett und legte sich auf die Beine der Diebin, die das zuließ. Lozen wusste, dass sie nichts aus ihr herausbekam, wenn sie nicht ihr Vertrauen gewann, und beschloss, in Vorleistung zu gehen.

„Dee Freeman."

Dee Freeman war Lozens Alias. Sie hatte früher eine kleine Sicherheitsfirma für Personenschutz und Ermittlungen in Washington DC geleitet. Bis ihr eine Milliardärin, der sie Manipulation bei dem amerikanischen Präsidentschaftswahlkampf nachgewiesen hatte, einen Mord angehängt hatte. Es war ihr nicht gelungen, ihre Unschuld zu beweisen. Sie war aus dem Gefängnis geflohen und ein Mitarbeiter von ihr hatte es geschafft, dass sie für tot erklärt worden war, weshalb sie sich um die Verfolgung durch die Polizei keine Sorgen machen musste. Seitdem lebte Lozen unter dem Alias.

„Ist das dein richtiger Name?", fragte Kelly Sue Rios.

„Gibt es was anderes als einen richtigen Namen?"

Kelly Sue Rios lachte.

„Ich arbeite für Aslan Dvoskin. Du hast ihm in New York Geld geklaut. Er will wissen, woher du wusstest, wo er es lagert. Deshalb soll ich dich zu ihm bringen."

„Er wird mich umbringen."

„Er will deine Quelle wissen. Wenn du sie ihm sagst, wird er dich leben lassen."

„Und das soll ich glauben?"

„Mord ist nicht Teil meines Portfolios."

„Und ihn interessiert ein Deal mit einer dahergelaufenen Schlägerin?"

„Er weiß, was passiert, wenn er sich nicht an die Abmachungen hält."

„Und was passiert? Muss er fünf Dollar für die Umwelt spenden?"

„Auch."

Lozen tätschelte die Klinge der Axt. Kelly Sue Rios sah sie an.

„Wie lange arbeitest du für Dvoskin?"

„Nicht lange, aber bisher hat er sich an unsere Abmachungen gehalten."

„Was ist deine Spezialität?"

„Gewaltanwendung."

Kelly Sue Rios lachte erneut. Lozen schloss die Tür und setzte sich auf die Bettkante.

„Wirst du mich jetzt vergewaltigen?", fragte die Diebin, die Warchoi sanft von ihren Beinen schob und sich aufsetzte.

„Warum nicht?"

Die Frauen sahen sich an.

„Wen hast du überfallen?"

„Glaubst du wirklich, ich sage dir das?"

„Denk nach. Wer war seltsam? Wem traust du zu, dass er Kontakte zur Horde hat."

„Was bietest du im Gegenzug?"

„Dich heil hier herauszubringen."

„Zu Dvoskin."

„Dazu habe ich bereits alles gesagt."

„Lass mich nachdenken."

„Ich gehe eine Superköchin holen. Danach will ich eine Antwort."

Die Diebin grinste und legte ihre Hand auf Lozens Schulter.

„Du bist immer noch so ungeduldig."

Lozen sah sie fragend an.

„Du erkennst mich nicht, oder?"

„Sollte ich?"

„Esposito, Kelly Esposito."

„Heilige Scheiße."

Teil II

Kelly Esposito

13.

Vor vielen Jahren.

Die vierzehnjährige Lozen stand vor ihrer neuen High School. Die alte hatte zugemacht. Der Bundesstaat hatte kein Geld mehr gehabt. Die neue lag in einer mieseren Gegend als die alte. Schon in der war der Schulalltag unerfreulich gewesen, weil die Lehrer schlecht oder demotiviert waren und die Schüler deshalb nicht darauf vertrauen konnten, dass sie Streitigkeiten regelten.

Lozen wusste, früher oder später würde es passieren. Jemand würde ihr Geld wollen oder ihre Sneaker oder sie einfach grundlos angreifen. In ihrer alten Schule war es jedem Neuzugang, jeder, die Schwäche zeigte oder den Schulschlägern nicht gefiel, so ergangen.

Sie musste nicht warten. Es geschah am Ende des Tages. Sie fingen sie ab. Eine schlanke Latina, in einer blauen Jeansjacke mit weißen Sternen, rotem T-

Shirt, Bluejeans und roten Boots, und eine überge-
wichtige Weiße in Tank Top, Boxer-Shorts und Snea-
kern, mit einer Kippe im Mundwinkel.

„Ich mach dich fertig", sagte die Latina.

Lozen sah ihr ins Gesicht. Sie schätzte sie etwas älter
ein. Die Augenbrauen waren buschig, eine dicke Narbe zog sich über die rechte Wange, die Nase war beeindruckend, die Augen dunkel und schön. Lozen
wusste, dass sie die Herausforderung annehmen musste. Wenn sie Angst zeigte, würden sie sie in Zukunft
nicht in Ruhe lassen, im Gegenteil, sie würde das Ziel
anderer werden. Es war eine Frage der Hierarchie. Sie
wollte nicht das Opfer sein.

Blitzschnell hatte sich ein Kreis schaulustiger Schüler
und Schülerinnen um die drei gebildet. Die Latina
griff ohne Vorwarnung an, packte Lozen an den Haaren und zog sie in Schlagdistanz. Lozen war überrascht. Sie fing einen Schlag ab und trat ihrer Gegnerin gegen das Knie. Die schrie laut auf und ließ die
Haare los. Lozen stieß sie von sich.

Ihre erste Auseinandersetzung hatte Lozen vor einem
Jahr, mit dreizehn, gehabt. Ein weißer Mitschüler

hatte sie eine verfluchte Indianerin genannt und verprügelt. Sie wollte lernen, sich zu verteidigen. Ihr Vater, obwohl Soldat, hatte sich geweigert, es ihr beizubringen, und nicht gewollt, dass seine Tochter Probleme mit Gewalt löste. Aber es war anders gekommen.

Sie hatte ihren Vater zu einem Veteranentreffen begleitet, wo sie ihren Onkel Kenny Aguilar kennengelernt hatte, einem Ex-Soldaten und Alkoholiker, der vor Kurzem in die Gegend gezogen war. Als er Lozen mit dem blauen Auge und der aufgeplatzten Lippe sah, hatte er wissen wollen, wer das getan hatte. Sie hatte es ihm gesagt. Ihr Onkel war furchtbar wütend geworden, hatte auf die Weißen geschimpft und ihren Vater gefragt, warum er ihr nicht beibrachte, sich gegen die Anglos zu verteidigen. Die Brüder waren in einen Streit geraten, der damit geendet hatte, dass ihr Vater Lozen verbot, Kenny Aguilar wiederzusehen.

Sie hatte den väterlichen Befehl ignoriert. Sie wollte nie wieder einen Kampf verlieren. Ihr Onkel lebte in einem Trailerpark in der Nähe der Air Force Base, in der ihr Vater stationiert war. Kenny Aguilar war damals Anfang 50 gewesen, über eins achtzig, mit leichtem Bauchansatz. Er hatte ein kantiges Gesicht, mit einer hässlichen Hakennase in der Mitte. Die Haare waren dicht, lang und schwarz gewesen. Sein Geld verdiente er als Rausschmeißer. Trotz des Alkoholproblems gewann er seine Kämpfe. Sie begannen, sich heimlich zu treffen, und er begann, ihr beizubringen, was sie sie wissen musste.

Sie wich einem Schlag der Latina aus, verpasste ihr mit der flachen Hand eine Gerade ins Gesicht. Die Menge um sie herum schrie vor Begeisterung. Lozen fühlte sich gut. Ihr Onkel hatte ihr gesagt, es gäbe Fighter und Gym-Fighter. Gym Fighter waren Menschen, die im Fitnessstudio, wenn sie sparrten, ohne Druck, ohne Zuschauer, die besten Kämpfer schlugen, aber in einem echten Kampf versagten, die Emotionen nicht kontrollieren konnten, vergaßen, mit dem Jab zu arbeiten, und am Ende ausgeknockt wurden. Lozen wusste nun, dass sie keine Gym Fighterin war.

Die Auseinandersetzung mit der Latina verlor sie trotzdem. Die Weiße attackierte sie von hinten, warf sie zu Boden und trat ihr in den Magen. Als Lozen zu kotzen begann, stoppte sie und war lachend mit der Latina davongegangen.

Den Kampf hatte Lozen damals nicht gewonnen, aber ihr Plan ging auf. Die Latina ließ sie in Ruhe. Sie hieß Kelly Esposito.

14.

Jetzt.

„Was ist mit deinem Gesicht?", fragte Lozen.

„Die Augenbrauen, die Narbe und die große Nase haben mich genervt. Hab` ich vor Jahren machen lassen."

„Du siehst gut aus."

„Du bist doch in mich verliebt."

„Bilde dir nichts ein."

„Einbildung war immer deine Stärke."

„Ist das nicht ein Filmzitat?"

„Dafür bist du zuständig."

Lozen schwieg. Schon früher hatte sie Filme und Serien gemocht und Kelly Esposito mit ins Kino geschleppt, durch den Hintereingang des Multiplex, weil sie nicht genug Geld hatten.

„Du siehst fast wie früher aus. Abgesehen von den kurzen Haaren, den blauen Strähnen und den dunklen Ringen unter den Augen."

„Hm."

Kelly Esposito war früher ihre beste Freundin gewesen. Ein paar Tage nach ihrem Kampf war Lozen spät nachts in einen Klub gegangen, in der niemand nach einem Ausweis fragte, wenn man Alkohol bestellte. Ihr Vater war auf einem Manöver, ihre Mutter nach einer Flasche Rotwein im Tiefschlaf. Sie trank gerne, wenn sie alleine war, und das war sie oft, weil Lozens Vater als Soldat viel unterwegs war, weshalb sie nicht mitbekommen hatte, dass sie aus dem Haus geschlichen war.

Lozen hatte an der Theke gestanden, mit einem älteren, weißen, aber attraktiven Typen, der sie auf einen Drink eingeladen hatte. Auf einmal war Kelly Esposito neben ihr aufgetaucht, hatte ihr ins Ohr geflüstert, dass der Typ ihr heimlich was ins Glas gekippt hätte. Dann hatte sie ihr ein Springmesser in die Hand gedrückt.

Lozen hatte ihr Getränk genommen und dem Typen gesagt, sie wolle kurz an die Luft. Er war ihr voller Erwartungen hinters Gebäude gefolgt, wo sie ihm den

Drink ins Gesicht geschüttet und mit dem Messer in den linken Oberschenkel und in den Bauch gestochen hatte. Er war in die Knie gegangen und hatte begonnen, zu weinen. Kelly Esposito stand auf einmal in der Gasse und applaudierte. Lozen wollte ihr das Messer zurückgeben, aber die Latina hatte abgelehnt. Sie ließen den Kerl zurück und gingen zurück in den Klub. Der Abend war der Beginn ihrer Freundschaft gewesen.

„Dee Freeman passt nicht zu dir."

„Hab' den Namen nicht ausgesucht."

„Ein Fehler."

„Ich weiß."

„Ändere ihn."

„Zu spät dafür."

„Dein Leben."

„Ist es."

Lozen wechselte das Thema.

„Du bist eine professionelle Diebin geworden", sagte sie.

„Mein Talent."

„Das war es schon früher."

„Wenn du es sagst."

„Schön, dich wieder zu sehen."

„Finde ich auch."

Lozen lächelte.

„Wie gehts deiner Mutter?", fragte sie.

„Tot. Schon lange."

Kelly Esposito hatte mit drei Geschwistern bei ihrer Mutter gelebt. Jedes der Kinder hatte einen anderen Vater. Die Erzeuger waren entweder abgehauen oder im Knast. Lozen hatte die Mutter als eine schreckliche Frau in Erinnerung. Drogenabhängig und gewalttätig, weshalb Kelly Esposito sich selten zu Hause aufgehalten und bei Freunden oder im Freien übernachtet hatte, in einem Schlafsack, den sie in einem Outdoorladen geklaut hatte. Die Winter in und um Albuquerque waren selten kälter als zehn Grad.

„Sie hat nie aufgehört. Ich vermisse sie nicht."

„Kann ich verstehen."

„Leben deine noch?"

„Yeah."

Die Frauen schwiegen.

„Was nun?", fragte Lozen.

„Es hat sich nichts geändert. Ich werde über deinen Vorschlag mit Dvoskin nachdenken."

„Hm."

„Was ist das für eine Nummer mit der Superköchin, die du holen willst?"

„Eine Koreanerin aus dem Deli schräg gegenüber. Ihr Kimchi ist super."

„Ich hab' Hunger."

„Ich kümmere mich drum."

Lozen stand auf, machte eine kleine Bewegung mit der Hand und Warchoi kam zu ihr gelaufen.

15.

Vor vielen Jahren.

Ich bin am Leben, Überleben war hart, rappte der Hip-Hopper. Der Song kam aus Kelly Espositos ViGi, ein quadratisches, tragbares digitales Medienabspielgerät, das über ein Kabel mit einem kleinen Lautsprecher verbunden war. Sie und Lozen saßen in T-Shirts und Shorts am Rand eines Swimmingpools, der von einer efeubehangenen Mauer umgeben war, die aussah, als hätte sie ein spanischer Eroberer vor vierhundert Jahren gebaut.

„Verdammt, ist das heiß", sagte Kelly Esposito.

„Yeah. Dieser Sommer hat`s in sich."

Die Dämmerung hatte eingesetzt. Um Geld zu verdienen, reinigte Lozen Pools. Wenn die Eigentümer im Urlaub waren, trafen sie und Kelly sich am jeweiligen Schwimmbecken, kifften, soffen, sprachen über Pornos, echten Sex, Musik oder Drogen. Wenn es nichts zu sagen gab, saßen sie schweigend nebeneinander und genossen die Anwesenheit der anderen.

„Bier Nummer zwei?", fragte Lozen.

„Klar."

Neben ihr stand ein mit Bierdosen und Wasser gefüllter Eimer. Sie gab ihrer Freundin eine Dose und nahm sich selbst eine. Dann öffneten sie diese, stießen an und tranken.

„Noch kalt genug."

„Yeah."

Lozens Handy klingelte. Sie kannte die Nummer. Sie nahm den Anruf an, stellte auf Lautsprecher und hielt das Handy so, dass Kelly Esposito mithören konnte.

„Hey, E. P.", sagte sie.

„Hey."

E. P. war ein Freund und ihr Dealer. Die Freundinnen fanden, dass er gut aussah, mit seinen kurzen, blonden Haaren und Bartstoppeln. Es war nicht klar, ob er mit einer von ihnen oder mit beiden schlafen wollte. Es war Lozen egal. Sie mochte ihn und debattierte gerne mit ihm und Kelly Esposito über die Legalisierung aller Drogen, die es gab. Lozen argumentierte dafür, die beiden dagegen. Da sie während der Debatten tranken, rauchten oder etwas einschmissen, waren die Wortgefechte hitzig.

„Was gibts?", fragte Lozen.

„Habt ihr No reingelegt?"

„Reingelegt? Wir? Nein. Wieso? Wie?", fragte Kelly Esposito.

„Eine Schlampe hat ihm heiße Bilder zugeschickt, ihn total angemacht und sich kurz vor einem ersten echten Treffen auf einmal einfach nicht mehr gemeldet. Er ist echt total am Ende."

„Und da hast du gleich an uns gedacht?"

„Hey, ich weiß, was ihr in eurer Freizeit macht." Manchmal verarschten die Freundinnen Mitschüler auf FarOut, dem Vorläufer von LukOut, indem sie ihnen sexy Fotos von irgendwelchen Teenagerinnen in Unterwäsche schickten, die sie aus dem Internet gezogen hatten. Dazu schrieben sie die passenden Nachrichten. Wenn der jeweilige Typ dann richtig heiß war, ghosteten sie ihn.

„Wir waren es nicht. Wie kommst du darauf, wir würden No so was antun?", fragte Lozen.

„Weil ihr ihn nicht mögt."

„Das stimmt. Er ist armselig."

„Und er nervt", sagte Kelly Esposito, die sich einen Joint anzündete.

Ein neuer Song begann. Retro-Sixties-Sound, die Sängerin beklagte eine gescheiterte Beziehung.

„Kommt ihr nachher vorbei?", fragte der Dealer.

„Wissen wir noch nicht."

„Alles klar."

E. P. beendete das Gespräch. Lozen nahm die Bierdose und trank einen Schluck.

„Bah, schon zu warm."

„Was machen wir nachher?", fragte Kelly Esposito.

„Keine Ahnung."

„Wenn wir nicht zu E. P. gehen, könnten wir N. D. und Stevenson treffen."

„Kein Bock. Die beiden sind zurzeit auf Koks. Und Typen, die auf Koks sind, nerven."

„Vielleicht ist Massimo da."

„Ist er nicht. Hat er mir getextet."

Kelly Esposito zog Shirt und Short aus und glitt in Unterwäsche, mit dem Joint im Mundwinkel, ins Wasser, nahm einen Zug und reichte ihn Lozen.

„Was ist denn hier los?", fragte auf einmal eine Frauenstimme.

Erschrocken schauten sie zur Terrasse des Hauses, wo eine Frau stand: schlank, graublond, in weiten Klamotten, eine beutelartige Handtasche über der Schulter.

„Ms. Morales, Sie wollten doch erst in ein paar Tagen wiederkommen", sagte Lozen überrascht.

„Change of plans. Zum Glück, wie es scheint."

Kelly Esposito kletterte aus dem Pool und musterte grimmig die Hausbesitzerin. Die zog einen Taser aus ihrer Handtasche.

„Denk nicht mal dran, Kleines", sagte sie.

Kelly Esposito starrte die Frau an.

„Setz dich."

Kelly Esposito schnaufte und setzte sich im Schneidersitz neben Lozen. Dabei ließ sie die Hausbesitzerin nicht aus den Augen.

„Ihr mögt also meinen Pool."

Die Mädchen antworteten nicht. Die Frau stellte die Handtasche auf den Boden.

„Bitte keine Cops, Ms Morales", sagte Lozen.

„Warum nicht?"

„Ich reinige den Pool. Umsonst. Das ganze Jahr."

„Hm."

„Wir haben nichts kaputtgemacht."

Ms Morales sah zu den Teenagerinnen.

„Wirf ein Bier rüber."

Lozen tat es. Ms Morales fing die Dose, öffnete sie und trank einen Schluck. Sie sah zu den Mädchen, dachte nach, bückte sich, griff in ihre Handtasche, holte ein Metalldöschen hervor, öffnete es, nahm zwei rote Tabletten heraus, ging zu ihnen und gab jeder von ihnen eine.

„Schlucken", sagte sie.

„Warum?", fragte Lozen.

„Das oder das Gesetz."

„Was ist das?", fragte Kelly Esposito.

„Spielt es eine Rolle? Ich habe euch eure Optionen geschildert."

„Wird das so ein Sexding?"

Ms Morales zuckte mit den Schultern. Lozen und Kelly Esposito sahen sich an.

„Das ist der Stoff, aus dem die Träume sind", sagte Ms Morales lächelnd.

Lozen wusste, dass das ein Filmzitat war.

„Habt ihr ein Problem mit Drogen?"

90

„Rausch ist ein Grundrecht", sagte Lozen.

„Was hält euch dann zurück?"

Die Freundinnen schauten auf die Pillen, die leicht glänzten. Selbst wenn es ein Sexding war, war es besser, als beim Gesetz zu landen, dachte Lozen. Sie sah zu Kelly Esposito, die nickte. Sie warfen die Tabletten ein.

16.

Jetzt

Der Schneefall war intensiv. Das Licht des Vollmonds kämpfte sich mühsam durch die Wolken. Chen und Lozen stapften zum Deli von Rhim. Über der Glasfront hing das Schild mit ihrem Namen, darunter die Worte Coffee, Asian, Sushi, Catering. Chen klopfte an der Glastür. Ob sich jemand im Deli befand, war nicht zu erkennen. Als er zum dritten Mal klopfte, ging die Tür auf und eine ältere Koreanerin, nicht mal eins sechzig, stand vor ihnen, mit einer halbautomatischen Pistole in der Hand, die, das wusste Lozen, in Südkorea hergestellt wurde. Rhim hatte halblanges schwarzes Haar, Falten um die Augen, aber ansonsten ein glattes Gesicht. Lozen fand den dicken, rot-grünen Weihnachtspulli mit Stern- und Rentier-Motiven, den die Koreanerin unter der braunen Outdoor-Daunenweste trug, schrecklich.

„Was willst du, Chen?", fragte sie in einem Englisch mit starkem Akzent, während sie Lozen misstrauisch musterte.

„Du solltest zu uns rüberkommen, Rhim."

Rhim hielt als Antwort die Pistole hoch.

„Das wird vielleicht nicht reichen. Zusammen sind wir besser aufgestellt."

Die Koreanerin sah zu Lozen und fragte:

„Siehst du das auch so, Rothaut?"

„Ja, Schlitzauge."

Die alte Frau lachte.

„Gebt mir ein paar Minuten", sagte Rhim.

Sie schloss die Tür.

„Ein schwieriger Charakter", sagte Lozen.

„Wem sagst du das."

Der Schneefall nahm zu und ein Wind kam auf.

„Scheißwetter", sagte Chen.

„Absolut."

„Was machen wir mit der Diebin?"

„Wieso fragst du?"

„Es ändert sich nichts, wenn sie Fog kriegen."

„Eine dumme Bemerkung von einem klugen Typ."

„Die Horde ist eine Bedrohung für mich, weil ich die Diebin beherberge."

„Beherberge?"

„Kein gutes Wort?"

„Ein schönes Wort. Ein altes Wort."

Die Tür des Deli öffnete sich, Rhim kam mit zwei Rollkoffern und dem dicklichen Jungen, der das Essen gebracht hatte und wahrscheinlich ihr Sohn war, aus dem Deli und zog im zunehmenden Schnee den Rollladen herunter. Lozen schaute auf ihr Smartphone, weil sie wissen wollte, ob es News über die Horde gab. Aber es war tot. Die Horde musste die Sendemasten der Gegend zerstört haben, denn ihr Akku war nicht ganz leer gewesen.

17.

Vor vielen Jahren.

Lozen und Kelly Esposito rannten durch den Hinterhof zur rostigen Feuertreppe, die sie hochkletterten. Hinter sich hörten sie Schreie. Sie erreichten das Dach, liefen daran entlang, bis sie den Rand erreichten, sprangen die knapp zwei Meter aufs nächste Gebäude, liefen zu einer Metalltür, die in ein Treppenhaus führte, das sie hinunter stürmten, raus auf die schlecht beleuchtete Straße, wo auf der anderen Seite ein alter Wagen stand. Am Steuer saß Ms Morales. Die Mädchen sprangen hinein. Ms Morales fuhr los.

„Ist cool geworden", sagte sie. „Findet ihr nicht?"

„Yeah, war gut", sagte Lozen keuchend.

„Auf die Security-Guys hätte ich verzichten können", sagte Kelly Esposito.

„Hat es spannender gemacht. Die Klickzahlen sind klasse."

Sie waren in ein Pelzlager eingebrochen, hatten rote Ms auf die Jacken und Mäntel gesprüht und die Aktion im Internet live übertragen.

„Warum habt ihr erst mit dem Filmen begonnen, als ihr drinnen wart?"

„Fanden das vorher langweilig", sagte Lozen.

„Es ging doch um die Pelze und nicht den Einbruch", sagte Kelly Esposito.

Ms Morales, die mit Vornamen Jessica hieß, war die Chefin von „Tigra", einer militanten Umweltgruppe. Ihretwegen waren Lozen und Kelly Esposito dabei. Die roten Pillen hatten eine psychodelische Wirkung gehabt und waren ein Test gewesen. Ich wollte sehen, wer ihr seid und wie ihr seid, wenn ihr euch nicht unter Kontrolle habt, hatte Jessica Morales damals erklärt. Lozen erinnerte sich an nichts. Als sie zu sich gekommen war, hatte sie am Pool gelegen. Sie fühlte sich matt und hatte Durst. Jessica Morales hatte mit einer Weißwein-Flasche nicht weit entfernt gesessen und ihr zugeprostet. Textlose Elektromusik kam aus dem ViGi. Lozen hatte sich umgeschaut, sah Kelly Esposito nicht weit von sich am Pool liegen. Jessica

Morales schraubte die Weinflasche zu und rollte sie zu Lozen, die sie nahm, öffnete, trank, verschloss und zurückrollte.

Kurz darauf war Kelly Esposito zu sich gekommen. Sie hatten zu dritt schweigend getrunken. Irgendwann hatte Jessica Morales gefragt, ob sie am nächsten Abend Zeit hätten und helfen könnten. Die beiden hatten zugesagt, weil sie nicht wussten, ob Jessica Morales nicht doch zum Gesetz gehen würde, wenn sie „Nein" sagten. Deshalb waren sie mit ihr ins Haus eines CEOs einer Chemiefirma eingebrochen, der in der Vorwoche wegen der illegalen Entsorgung von giftigen Abfällen in einen See angeklagt worden war, hatten die Wände mit Beschimpfungen verziert und seine Sammlung von Golfpokalen gestohlen. Lozen und Kelly Esposito hatte es gefallen. Die Aktion hatte sie aus ihrer Langeweile geholt, weshalb sie an weiteren Aktionen teilgenommen hatten. Die Überzeugung war im Laufe der Zeit dazu gekommen. Vor allem der Einbruch in eine Masthalle mit vierzigtausend Hühnern hatte die Freundinnen schockiert. Der Krach, die Hitze, die seltsame Beleuchtung, der Gestank von

Ammoniak, die vielen verletzten oder toten Tiere, es war widerlich gewesen.

Jessica Morales stellte Musik an. Ein cooler, düsterer Popsong zelebrierte unerfüllte Liebe.

„Wo soll ich euch rauslassen?", fragte Jessica Morales.

„Vorm Blake wäre gut", sagte Kelly Esposito.

„Geht klar."

Sie erreichten das Blake, einen angesagten Klub, nach einer knappen Viertelstunde. Die Freundinnen stiegen aus und schauten der wegfahrenden Jessica Morales hinterher. Als sie nicht mehr zu sehen war, gingen sie auf die andere Straßenseite, zu einer Bushaltestelle, warteten und fuhren mit dem nächsten Bus zurück zur Straßenecke, an der sie in Jessica Morales Wagen gesprungen waren. Sie gingen über die Treppe aufs Dach, wo sie kifften und Musik hörten. Nach einer Stunde gingen sie zurück zum Pelzlager. Im Hinterhof war niemand zu sehen. Das Gesetz war weg und der Wächter irgendwo im Gebäude. Sie schlichen leise die Feuerleiter hinunter, gingen zu einem Müllcontainer, holten vier Pelzmäntel heraus, die in blauen, transparenten Plastiksäcken steckten, und verließen den Hinterhof, wie sie gekommen waren.

Eine Stunde später standen sie im Wohnzimmer von E. P., der die Pelzmäntel begutachtete. Ein Rocksong lief. Der Text war nicht zu verstehen. E. P. bevorzugte europäische Metal-Bands.

„Cool", sagte er.

„Wie viel?", fragte Lozen.

„200."

Die Freundinnen sahen sich an.

„250", sagte Kelly Esposito.

„Deal."

Obwohl die Freundinnen mittlerweile an die Ziele von Tigra glaubten, vergaßen sie nicht ihr eigenes Wohlbefinden. Deshalb hatten sie erst nach dem Einbruch gefilmt, weil sie vorab die Mäntel gestohlen hatten.

E. P. gab ihnen das Geld. Die Freundinnen ließen sich auf sein breites, bequemes, fleckiges Sofa fallen, auf dem sie schon unzählige Stunden verbracht hatten. E. P. setzte sich neben sie und verteilte blaue dreieckige Pillen.

„Neues Zeug. Gerade reingekommen. Kommt gut."

Sie warfen die Pillen ein.

„Euer Stream war cool", sagte E. P., „Pelze sind echt scheiße."

„Yeah", sagte Lozen.

„An wen verkaufst du den Dreck?", fragte Kelly Esposito.

„Gibt da einen Pimp. Der und seine Gang tragen tote Tiere."

„Wir sollten ihn besuchen."

„Ich geb` euch seine Adresse."

Ein neuer Song begann. Pop. Die Freundinnen erkannten die Sprache nicht.

„Was ist das?", fragte Kelly Esposito.

„Griechisch."

„Warum hörst du immer abgefahrenes Zeug?"

„Hey, die Welt ist nicht nur US of A."

„Wir sind die Weltmacht in Sachen Unterhaltung."

„Sicher?"

„Bei Filmen auf jeden Fall."

„Schon mal französische Filme der 1950er und 1960er gesehen?"

„Nope. Warum?", fragte Lozen.

„Mach es, und wir sprechen weiter."

„Mann, ist dieser Stoff geil", sagte Kelly Esposito.

18.

Jetzt.

„Lozen, wach auf", sagte Jack Cebulski zu ihr, die sich mit Warchoi auf ein Sofa in einem Anwaltsbüro im zweiten Stock gelegt hatte und eingenickt war.

„Was ist los?"

„Sie sind da."

Sie und der Rakken folgten ihm aufs Dach, wo Chen und Fouad warteten. Auf der Straße standen rund zwanzig Kerle, die meisten maskiert. Lozen erkannte die Typen aus dem Hotel in der Menge, die mit zwei anderen plauderten. Vielleicht waren sie zu viert gewesen, dachte sie, zwei hatten die Rückseite des Hotels überwacht und waren ihnen unbemerkt gefolgt. Nicht, dass sie sie nicht trotzdem hätte bemerken müssen, aber es erklärte die Situation.

Auf der Straße brannten Feuer. Die Flammen warfen Schatten aufs gegenüberliegende Haus. Feuer war eines der schönsten Dinge, die es für Lozen gab. Nie hatte sie die Geburtstagskerzen auspusten wollen und liebte als Kind den Bildschirmschoner des Vaters, der einen brennenden Kamin zeigte. Ihre Mutter hatte gemeint, es würde daran liegen, dass sie als Kleinkind miterleben musste, wie ihr erstes Haus abgebrannt wäre. Die Erklärung gefiel Lozen bis heute nicht.

Sie bemerkte einen muskulösen Kerl mit einer Maske mit brennenden Hörnern auf dem Kopf. An seinem Gürtel hingen eine Axt und ein Messer. Sie glaubte, es war derselbe, den sie in den News-Videos gesehen hatte.

„Was machen wir?", fragte Fouad.

„Fragen, was sie wollen", sagte Lozen.

„Wer fragt?"

„Typen wie die stehen nicht auf indigene Frauen", sagte Chen.

„Auf Afroamerikaner und Libanesen auch nicht."

„Du musst ran", sagte Lozen zu Jack Cebulski.

Der zog eine Grimasse, schaute auf die Horde, ging einen Schritt nach vorne und fragte mit lauter Stimme.

„Ich will Rios, und dann lass ich euch in Ruhe", sagte der Typ mit den brennenden Hörnern.

Lozen kam die Stimme bekannt vor.

„Wir kennen keine Rios."

„Wir wissen, dass sie bei euch ist."

Die Stimme war tief, klang nach New York. Lozen überlegte, woher sie sie kannte.

„Wer immer was gesehen hat, hat sich geirrt. Außerdem verhandele ich nicht mit Typen, die sich hinter einer Maske verstecken."

Die Mitglieder der Horde schrien und fluchten. Der mit den brennenden Hörnern blieb ruhig. Er sah zu Jack Cebulski hoch.

„Kein Fan von Superhelden, was?"

„Ich liebe Superhelden. Aber ich sehe keine."

Die Mitglieder der Horde schrien und fluchten erneut.

„Du machst meine Freunde wütend."

Der Typ zog die Maske mit den brennenden Hörnern langsam vom Kopf und stellte sie in den Schnee. Er hatte eine Glatze, tiefe Falten unter den Augen und auf der Stirn und einen langen, grauen Vollbart. Schädel, Schläfe und Hals waren mit keltischen Runen tätowiert. Obwohl er alt geworden war und die Tattoos früher nicht getragen hatte, erkannte ihn Lozen.

Er hatte ihr vor langer Zeit den Kampf mit Messer und Axt beigebracht – und vieles mehr.

19.

Vor vielen Jahren.

Mit dem Rucksack auf den Schultern schlich Lozen die Treppe hinunter ins Wohnzimmer. Der Fernseher lief, ein 1990er Film, in dem ein Ehemann seiner Frau vorgaukelte, er wäre der langweiligste Typ der Welt, was er aber nicht war, denn in Wahrheit arbeitete er als Geheimagent. Der Ehemann wurde von einem damals berühmten Bodybuilder gespielt. Lozens Mutter lag auf dem Sofa und schlief. Die leere Rotweinflasche auf dem Sofa erklärte, wieso.

Sie ging durchs Wohnzimmer, zur Haustür, neben der sich ein Beistelltisch befand, auf dem eine Tonschüssel stand, in dem Schlüssel lagen. Sie sah den, den sie suchte, nahm ihn, ging in die Garage, in der zwei Wagen Platz hatten. Zurzeit stand nur einer drin. Ein alter, schwarzer Ford Mustang, den Lozen nach ihrem Onkel Kenny Aguilar benannt hatte. Sie schloss die Fahrertür auf und stieg ein. Kenny machte komische

Geräusche, wenn sie schnell fuhr, die Benzinanzeige funktionierte nicht und er rostete, aber hatte sie noch nie im Stich gelassen. Das braune Leder auf den Sitzen war abgenutzt. Brandneu war das Sound System. E. P. hatte es eingebaut. Wenn sie es aufs höchste Level stellte, hörte man sie schon einen Block entfernt.

Sie steckte den Schlüssel ins Zündschloss. Wenn sie ihn umdrehte, gab es kein zurück. Ihr Vater hatte ihr einen Monat Hausarrest aufgebrummt. Weil sie betrunken am frühen Morgen nach Hause gekommen war. Zum Glück wusste er nicht, was sie mit zwei der Typen angestellt hatte, die auf der Party von E. P. gewesen waren. Aber sie war fast siebzehn, alt genug, um selbst zu entscheiden, alt genug, um zu trinken und Sex zu haben, und zu alt für Hausarrest.

Sie drehte den Schlüssel. Kenny sprang an. Ihr Vater würde wütend sein, wenn sie wiederkam. Wenn sie wiederkam. Sie hatte genug von ihrem Zuhause. Wollte weg. Irgendwo hin. Egal. Lozen dachte nicht viel darüber nach, was die Zukunft bringen würde.

Die Zukunft war heute. Morgen könnte sie an Krebs erkranken oder einen Unfall haben. Sie fuhr los. Nach einer Viertelstunde hielt sie an einer Bushaltestelle, an der Kelly Esposito mit einer vollgepackten Umhängetasche wartete. Sie stieg ein und warf die Umhängetasche auf den Rücksitz.

„Du bist spät", sagte sie.

„Meine Atomuhr ist im Arsch."

Lozen fuhr los. Sie würden einen knappen Tag brauchen, bis sie ihr Ziel erreichten. Sie hatte bei E. P. einen Vorrat an Joints gekauft und Hörbücher ihrer Mutter eingesteckt, damit sie und Kelly Esposito nicht miteinander reden mussten. Sie hatten Stress. Tatsächlich wegen eines Typen, was Lozen total widersinnig fand.

Es ging um Massimo. Lozen hatte ihn vor ein paar Monaten auf einer Party kennengelernt. Ein schlanker, gutaussehender Afroamerikaner mit Wurzeln im Kongo. Er war zwei Jahre älter als sie, träumte von einer MMA-Karriere, liebte Neo-Punk und Filme. Sie konnten ganze Nächte durchquatschen, was sie selten taten, weil die Hormone sie irgendwann ins Bett trieben. Die

Boyfriend/Girlfriend-Nummer zogen sie nicht durch, trafen andere, verbrachten aber trotzdem Stunden oder Tage miteinander, was ihre jeweiligen Abschnittspartner akzeptieren mussten. Das ging gut. Bis Kelly Esposito Massimo kennenlernte und sich verliebte. Es war absurd. Die Freundinnen waren manchmal mehr als Freundinnen. Sie hatten es nie definiert. Es passierte einfach, nach einer durchfeierten Nacht, einem sentimentalen Anime oder einem Scheißtag. Und Typen hatten sie öfters geteilt. Deshalb hatte Lozen sich nichts dabei gedacht, als Kelly Esposito sie fragte, ob es okay wäre, wenn sie mit ihm loszog. Aber nachdem Kelly Esposito mit ihm im Bett gelandet war, änderte es sich. Die Freundin wurde eifersüchtig und forderte, dass Lozen ihn nicht mehr sah. Seitdem redeten sie kaum miteinander.

Die Fahrt verlief ereignislos. Den Großteil der Strecke fuhren sie auf einem Highway. Die Freundinnen wechselten sich mit dem Fahren ab und machten nur eine längere Pause, als sie bei einem greisen Althippie einen Anhänger abholten.

Als sie den größten Teil der Strecke hinter sich hatten, fuhren sie vom Highway auf den leeren Parkplatz eines Big-Burger-Restaurants. Lozen und Kelly Esposito hatten seit dem Start nur ein Gespräch geführt, nachdem sie einen Rap-Song im Radio gehört hatten. Von einer Frau, die bereit war, mit anderen Kerlen zu schlafen, um ihren Freund reich zu machen. Sie hatten diskutiert, warum sie sich solchen chauvinistischen Scheiß anhörten, keine befriedigende Antwort gefunden, waren kurz der Hoffnungslosigkeit verfallen und hatten schließlich über sich gelacht. Für einen Moment war der Streit um Massimo vergessen gewesen.

Sie betraten das schlecht besuchte Burger-Restaurant und beschäftigen die gelangweilte Belegschaft mit ihrer Bestellung von Double Cheeseburgern, Pommes und Diet Coke. Sie setzen sich mit ihren Einkäufen auf Kennys Motorhaube, aßen schweigend und schauten dem Untergang der Sonne zu.

„Typen sollten nicht zwischen uns stehen", sagte Kelly Esposito auf einmal.

„Absolut."

„Er ist süß."

110

„Er ist der Beste."

„Wir sind besser."

„Wir sind besser."

Ein Wagen hielt vorm Burger-Restaurant. Zwei Pärchen stiegen kichernd aus. Die Typen mit Baseballcappys legten ihre Arme um die Hüften der Frauen, die Hotpants und Tanktops trugen.

„Das ist so armselig", sagte Kelly Esposito.

„Absolut."

Als sie aufgegessen hatten, fuhren sie weiter. Vor Mitternacht erreichten sie ihr Ziel. Ein von einer Mauer umgebener Gebäudekomplex aus Stahl und Glas mitten im Nichts. Aus den Fenstern drang ein sanftes Licht. Stromverschwendung für den repräsentativen Eindruck. Lozen parkte Kenny samt Anhänger in einer Baumgruppe. Sie stiegen aus. Aus der Dunkelheit tauchte eine junge weiße Rucksackträgerin mit Dreadlocks auf.

„Da seid ihr endlich", sagte sie.

„Pünktlichkeit ist nicht Lozens Ding", sagte Kelly Esposito.

„Pünktlichkeit ist die Höflichkeit der Königinnen, und ich bin keine", sagte Lozen.

„Wie lustig", sagte die Rucksackträgerin.

„Kommen wir zu den ernsten Dingen des Lebens."

Die Frauen gingen die von Kelly Esposito geplante Tigra-Aktion durch, die sie ohne Jessica Morales durchführen mussten, weil die wegen Hausfriedensbruch und Sachbeschädigung im Untersuchungsgefängnis saß. Es ging um ein Bonobo-Weibchen, an dem Tierversuche durchgeführt wurden. Sie wollten das Tier betäuben und zu einem Ehepaar in New Mexico bringen, das eine Art Zoo für ehemalige Versuchstiere führte. War nicht die Freiheit, aber besser als das Leben im Labor. Die Weiße mit Dreadlocks hieß Ela Cooke, die ein halbjähriges Praktikum bei der Firma machte und ihnen den Tipp gegeben hatte.

Als sie mit der Besprechung fertig waren, gingen sie zur Mauer. Weil Bonobo-Weibchen durchschnittlich gute dreißig Kilo wogen, hatten sie eine zusammenbaubare Trage für den Transport dabei. Die warfen sie auf die andere Seite und schwangen sich über die Mauer.

Sie liefen durch die Dunkelheit, parallel zur Zufahrt, über eine Wiese auf das fünfstöckige Haupthaus zu, das in einem künstlich angelegten Teich lag, der von Bäumen umgeben war. Ela Cooke hatte erzählt, dass die wenigen Überwachungskameras auf den Haupteingang fokussiert und Nebeneingänge nicht elektronisch gesichert waren.

Kelly Esposito gab Ela Cooke ein Zeichen. Die beiden wechselten die Richtung, liefen über die Zufahrtsstraße zum Gebäude neben dem Haupthaus. Die Bauten waren durch einen gläsernen Übergang miteinander verbunden. Lozen rannte durch den Teich, der nicht mal zwanzig Zentimeter tief war, erreichte die rechte Seite des Haupthauses, die sie entlanglief, bis sie eine braun bemalte Metalltür erreichte, für deren Schloss sie einen Schlüssel von Ela Cooke hatte. Lozen drang ins Gebäude ein. Wie viele Wachen es gab, wusste sie nicht. Ela Cooke hatte gesagt, es gäbe mindestens eine in der Empfangshalle, eine am Tor und welche im

Nebengebäude, in dem sich das Labor befand. Die Gefahr, auf einen Angestellten zu stoßen, läge bei nahezu null, weil niemand so spät arbeiten würde.

Lozen ging einen Gang entlang, gelangte zu einer Treppe, die sie in den dritten Stock führte, in dem ein in Kabinen unterteiltes Großraumbüro lag. Sie lehnte sich an eine Wand, schloss die Augen und genoss den Augenblick. Sie hatte sich nie besser gefühlt. Ihr Puls raste. Dies war Leben. Nicht kontrollierbar. Am Limit. Wohin sollte das führen? Sie hatte keine Ahnung.

Sie öffnete die Augen, schaute sich um und entdeckte den Kopierraum, dessen Tür offenstand, und ging hin. Kopierer, ein Tisch mit einem Computer, weiße Metallschränke. In einem entdeckte sie die Papiervorräte, riss die Pakete auf, verstreute sie auf dem Boden, zog den Rucksack von den Schultern, holte einen Kanister Benzin heraus und verschüttete einen Teil auf dem Papier und legte mit dem Rest eine Spur bis in die Mitte des Büros.

Lozen zog Streichhölzer aus der Hosentasche und entzündete das Benzin. Die Flammen fraßen sich Richtung Kopierraum. Sie schaute eine Weile zu, wie das Papier verbrannte, dann riss sie sich vom Anblick los, lief zum Treppenhaus, die Stufen runter und verließ, wie sie gekommen war, das Gebäude. Als sie den Teich erreichte, ging der Feueralarm los.

Das war der Plan. Der Alarm sollte die Wachen zum Haupthaus locken, so daß sie in der Aufregung nicht auf die Monitore am Empfangsdesk schauten, auf denen die Aufnahmen der Überwachungskameras vor dem Labor zu sehen waren, und deshalb Kelly Esposito und Ela Cooke den Affen befreien konnten.

Lozen kletterte über die Mauer und lief die Straße hinunter zu Kenny. Am Anhänger lehnte ein muskulöser, älterer Glatzkopf mit Vollbart, der sie anlächelte. Sie schätzte ihn auf Mitte fünfzig. Fuck, dachte Lozen, wer war der Arsch? Jemand sprang sie von hinten an und betäubte sie mit einem Taser.

20.

Jetzt.

Lozen stellte sich neben Jack Cebulski und Chen.

„Huh, eine Frau", sagte der Glatzkopf.

Die Horde johlte.

Er erkennt mich nicht, dachte Lozen.

„Du hast dreißig Minuten", sagte der Glatzkopf zu Jack Cebulski. „Und sag dem fetten Nigger, er soll auch an sich denken."

Jack Cebulski, Chen und Lozen gingen drei Schritte zurück, damit die Horde sie von der Straße aus nicht sah.

„Was denkt ihr?", fragte Lozen.

„Wenn wir ihnen Fog geben, haben wir Ruhe", sagte Jack Cebulski.

Chen sah zu seinem Geschäftspartner.

„Es geht nicht um Politik, sondern ums Überleben", sagte Jack Cebulski.

„Wir werden die Frau nicht ausliefern."

„Wir kennen sie nicht."

„Mit Wichsern wie der Horde macht man keine Deals."

Jack Cebulski sah Chen mit zusammengekniffenen Augen an, dann lächelte er leicht.

„Okay."

Lozen fragte sich, wie lange diese Aussage Bestand hatte. Sie ging mit dem Rakken zur Diebin. Warchoi lief ins Zimmer, das von zwei Kerzen spärlich beleuchtet wurde, sprang aufs Bett, auf dem Kelly Esposito lag, und beschnüffelte sie.

„Er mag mich wirklich", sagte sie und begann, den Rakken zu streicheln.

„Scheint so", sagte Lozen.

„Haben wir jetzt Sex?"

„Später vielleicht. Die Horde steht vor der Tür."

„Schlimm?"

„Du glaubst nicht, wer sie anführt."

„Na?"

„Paul Guerra."

„Du verarschst mich."

„Leider nicht."

Sie schwiegen eine Weile.

„Vergangenheit sollte Vergangenheit bleiben", sagte Kelly Esposito schließlich.

„Du klingst wie Nanotan von den Tankabots."

Die Tankabots waren die Helden einer Filmreihe, die auf der gleichnamigen Spielzeugreihe basierte, die Ende der Neunzehnachtziger sehr populär gewesen war. Es ging um intelligente Roboterwesen, die die Fähigkeit besaßen, sich in jedwedes technische Gerät zu verwandeln, und die symbiotische Verhältnisse mit Menschen eingehen konnten, die Teil der Maschine wurden.

„Immer noch viel im Kino, was?", sagte Kelly Esposito.

„Ich krieg das Popcorn mittlerweile umsonst."

„Okay, zurück zur Realität. Ich gehe davon aus, dass du mich nicht ausliefern wirst."

„Nein, natürlich nicht, aber ich weiß nicht, wie lange die anderen derselben Meinung sind."

„Und wenn nicht?"

„Haben wir mehr Gegner."

„Wir?"

„Wir."

„Wollte ich nur klarstellen."

„Ich wiederhole meine Frage von vorhin: Warum sind die rechten Ärsche hinter dir her?"

Kelly Esposito setzte sich in den Schneidersitz, streichelte den Rakken, fixierte Lozen und lächelte.

„Verrücktes Wiedersehen zu einem verrückten Zeitpunkt", sagte die Diebin.

„Typisch für uns."

„Yeah."

Kelly Esposito schüttelte lächelnd den Kopf.

„Ehrlich gesagt, ich weiß nicht, warum die Horde hinter mir her ist", sagte sie.

„Keine Zielperson mit rechtem Hintergrund?"

„Nicht, dass ich wüsste."

„Grenzen wir es ein. Ein Konzern würde dir keine rechtsradikalen Spinner auf den Hals schicken. Das heißt, wir haben es wahrscheinlich mit einer Einzelperson zu tun. Da du zuvor keine Probleme hattest, liegt der Diebstahl nicht lange zurück."

„Du bist eine richtige Ermittlerin geworden."

„Ich war beim CID."

„Wirklich?"

„Yeah."

Der Rakken legte sich auf den Rücken und die Diebin kraulte seinen Bauch. Lozen setzte sich aufs Bett.

„Es ist nicht der richtige Zeitpunkt für erzwungenen Sex", sagte Kelly Esposito.

„Ich weiß."

Sie grinsten sich an. Warchoi gab ein lustvolles Geräusch von sich und die Diebin streichelte ihn weiter.

„Ich weiß nicht, warum ich dir irgendetwas erzählen sollte. Die Vergangenheit zählt nicht."

„Blick in die nahe Zukunft: Wir müssen irgendwann heute Nacht raus aus diesem Gebäude und wir müssen wissen, wer dir die Spinner auf den Leib geschickt hat, sonst werden wir es nicht durchstehen", sagte Lozen.

Kelly Esposito streichelte weiter den Bauch des Rakken.

„Ich bin mir nicht sicher, ob es mir einen Vorteil bringt, wenn ich dir Informationen gebe", sagte sie.

„Du willst mich zu Dvoskin bringen, die Wichser vor dem Haus sind ein Hindernis, aber es interessiert dich nicht wirklich, warum sie hinter mir her sind."

„Ich hatte schon mit der Horde zu tun."

„Wie ist es ausgegangen?"

„Ich habe überlebt. Einige von ihnen nicht."

„Immer noch so tough wie früher, was?"

„Ich bin der sensibelste Mensch der Welt."

„In welchem Teil des Multiversums?"

Der Rakken gab ein zufriedenes Grummeln von sich.

„Was weißt du über die?", fragte die Diebin.

„Nicht viel. Fanatiker. Unberechenbar. Nicht dumm. Eine Milliardärin namens Ruth Manning hat sie mal finanziert, aber die ist tot."

Lozen zog einen Joint aus der Cargohose und zündete ihn an.

„Willst du den alleine rauchen?", fragte Kelly Esposito.

Lozen reichte ihr den Joint und die Diebin nahm zwei tiefe Züge.

„Was wäre das Leben ohne Drogen", sagte sie.

„Öde."

„Erinnert mich an den Heizungskeller in der High School."

Die Diebin nahm zwei weitere tiefe Züge und gab den Joint zurück an Lozen.

„In den letzten zwei Monaten waren es drei Jobs. Eine englische Millionärin, die ihre Juwelen mit sich rumschleppte, zwei waren Non-Profit."

„Heißt?"

„Firmen, die Umweltregularien ignorierten."

„Das interessiert dich noch?"

„Yeah."

„Details?"

„Eine Fracking-Firma in Westtexas und ein Typ aus South Dakota."

„Wer in South Dakota?"

„Ein Typ im Rollstuhl. Verdient sein Geld mit Papier und Verpackungen und ist Anteilseigner von Stark Oil, einer Öl-Firma, bei der es häufig Verstöße gegen den Umweltschutz gibt."

„Kenn ich."

„Uh, eine Schlägerin, die Nachrichten schaut."

„Details. Bitte ohne Kommentar."

„Ein leichter Job. Lebte in einem Haus, das nach einem Brand renoviert wurde. Die provisorische Alarmanlage war ein Witz. Er hatte viel Bargeld im Safe."

„Ausschließlich Geld?"

„Festplatten. Nicht lesbar. Bisher konnte ich den Code nicht knacken."

„Wo befinden sich die Festplatten?"

„An einem sicheren Ort."

South Dakota. Ein Haus, das niedergebrannt war. Lozen hatte eine Ahnung, wen Fog ausgeraubt hatte.

„Auftrag, oder hast du ihn ausgewählt?"

„Ich hab' ihn ausgewählt."

„Wegen Stark Oil?"

„Jup."

„Hieß der Typ Carl Denvers?"

„Yeah."

„Fuck."

„Wer ist er?"

„Kenn ihn von einem früheren Fall. Er und seine verstorbene Frau haben die Horde finanziert. Ich habe das Haus niedergebrannt."

„Immer noch eine Freundin des Feuers was?"

„Ich verbrenne mir eben gerne die Finger."

„Mit was für Jobs verdienst du dein Geld?"

„Ich lebe in Washington DC. Wo Menschen keinen Sinn machen und Widersprüche Alltag sind."

„Ist das nicht ein Songtext?"

„Schön, dass du noch Musik hörst."

Lozen sagte der Diebin nicht, dass Karl Denvers Ehefrau Ruth Manning geheißen hatte und die Milliardärin gewesen war, die ihr den Mord angehängt hatte. Sie wollte die Situation nicht durch zu viele Details komplizierter machen.

„Und deine Theorie lautet wie?", fragte Kelly Esposito.

„Ich glaube, dass er die Horde weiterhin finanziert und auf der Festplatte etwas drauf ist, was ihn belastet. Deshalb sind sie hinter dir her."

Kelly Esposito zog die Stirn kraus.

„Macht Sinn. Sonst würde er nicht den Aufwand in all diesem Chaos betreiben."

Lozen sah zur Diebin, die nach wie vor Warchoi streichelte.

„Die Festplatten sind an einem sicheren Ort?"

„Die Daten sind es."

Kelly Esposito grinste kurz.

„Was werden wir machen?", fragte sie.

„Der Horde das Leben schwer machen."

„Das Leben schwer machen, das konntest du schon immer."

Lozen ließ Warchoi bei der Diebin und ging runter in die Billardhalle.

„Wir sollten uns vorbereiten", sagte sie zu Chen, Jack Cebulski und Fouad.

„Wie?", fragte Chen.

„Mit Leergut."

Sie schleppten Bierkästen aufs Dach und warfen die leeren Flaschen aufs angrenzende Haus, wo sie zersplitterten.

„Das wird sie nicht aufhalten", sagte Jack Cebulski.

„Aber langsamer machen", sagte Lozen.

Der Schneefall hatte ein irreales Ausmaß erreicht.

„Was ist mit den Dachluken?"

„Vernagelt sie. Und wenn ihr keine Nägel habt, stellt schweres Zeug drauf."

„Okay."

„Benzin im Haus?"

„Leider nein."

„Hochprozentiges?"

„Einiges. Das übliche, ein paar Kisten Moonshine von einem Schwarzbrenner aus Maryland und ein wenig Reinigungsalkohol."

„Okay, wird reichen müssen."

„Was machst du damit?"

„Molotowcocktails."

„Eines möchte ich noch wissen", sagte Chen.

„Was?"

„Kennst du den Glatzkopf?"

„Wie kommst du darauf?"

„Du hast ihn seltsam angeschaut."

„Das hast du dir eingebildet."

21.

Vor vielen Jahren.

Lozen kam auf einem nach Desinfektionsmitteln riechenden Feldbett zu sich. Sie richtete sich auf. Ihre Klamotten trug sie zu ihrer Erleichterung noch. Die Hände waren frei. Ihr gegenüber saßen zwei Kerle an einem Tisch, auf dem Wasserflaschen standen. Einer war der Glatzkopf, der andere ein jüngerer, bulliger Typ in Uniform.

„Endlich ist sie wach", sagte der Soldat.

„Staff Sergeant, ich wusste nicht, dass Sie ungeduldig sind."

Der Glatzkopf warf Lozen eine Flasche Wasser zu. Sie befand sich in einem feuchten, fensterlosen Raum mit Neonröhren an der Decke. Links gabs eine Tür.

„Sie sieht nach nichts aus", sagte der Soldat.

„Das täuscht."

„Wo sind meine Freundinnen?", fragte Lozen, der ein wenig schlecht war.

„Falls es wichtig für Sie ist: Der Affe ist zurück im Labor", sagte der Glatzkopf.

Sie öffnete die Wasserflasche und nahm einen tiefen Schluck.

„Das hier ist nicht der Knast des örtlichen Sheriff's Office ", sagte sie.

„Kennen Sie sich mit Gefängnissen aus? Davon steht nichts in ihrer Akte."

Lozen schwieg. Sie hatte mal für dreißig Stunden gesessen. Weil Kelly Esposito und sie ständig pleite gewesen waren, hatten sie mit Ladendiebstahl angefangen. Meist in einem Hotspot. Jeans und schwarze T-Shirts mit Band-Motiven waren das, was Lozen meistens mitgehen ließ. Damals wie heute waren Hotspot-Geschäfte für den Verkauf dieser lizenzierten Shirts berühmt. Lozen mochte den Hauch von Pop- und Gegenkultur, der die Ladenkette umgab.

Den Freundinnen gefiel das Erfolgsgefühl, wenn sie etwas klauten. Aber eines Tages ging es schief, und der Ladendetektiv entdeckte sie. Kelly Esposito gelang es, zu entkommen, Lozen nicht. Sie konnte einen

Anruf machen, sprach mit Kenny Aguilar, weil sie sich nicht traute, ihren Vater anzurufen. Sie verbrachte die Nacht in einer Arrestzelle und wurde am Morgen in einem Mannschaftswagen ohne Geschlechtertrennung in ein Gefängnis gebracht. Auf der Fahrt machten sie die männlichen Gefangenen übelst an. Nach der Ankunft brachte ein Wärter sie in einen Raum mit einem Monitor, auf dem der Richter zu sehen war, der eine Kaution von fünfhundert Dollar festlegte. Danach landete sie in einen überfüllten, nach Schweiß stinkenden Raum, in dem sie mehrere Stunden verbringen musste, bis sie fotografiert wurde. Anschließend nahm ein Cop ihre Fingerabdrücke und sie unterschrieb irgendwelche Papiere. Dann wurde sie in einen anderen Raum geschickt, wo eine Wärterin auf sie wartete, die ihr befahl sich auszuziehen, sich zu bücken und die Pobacken zu spreizen. Danach duschte sie mit einer Gruppe Frauen, während die Wärterin zuschaute. Anschließend erhielt sie ein Paar graue Unterhosen, einen löchrigen orangenen Jumpsuit und eine Zahnbürste und landete in einer Arrestzelle, in der die vier Betten belegt waren. Sie setzte sich in eine Ecke in der Nähe des Eingangs und versuchte zu schlafen, was ihr nur teilweise gelang, weil eine der Frauen schnarchte und eine andere ständig auf Klo musste.

Am nächsten Morgen holte ihr Onkel sie ab und brachte sie nach Hause. Lozen hatte Glück. Der Manager des Hotspots hatte zusammen mit Kenny Aguilar gedient und die Anzeige fallen gelassen. Ihr Vater erfuhr nie von den dreißig Stunden. Sie hatte wochenlang Albträume. Für Kelly Esposito war sie eine Heldin. Der kleine, feuchte, fensterlose Raum mit den Neonröhren, in den sie dieser Glatzkopf gesteckt hatte, war im Vergleich zum Knast reiner Luxus.

Lozen stand auf und streckte sich.
„Ich würde nichts versuchen, Ms. Graham", sagte der Glatzkopf.
„Du glaubst, sie will was versuchen?", fragte der Staff Sergeant. „Das würde bedeuten, sie meint, dass sie mit uns fertig wird. Und das wäre dumm, und dumme Mädchen brauche ich nicht."

„Ich habe sie gesehen. Vor ein paar Wochen. In einem Truckstop. Hat einen 100-Kilo-Typen flachgelegt, der sie blöd angemacht hatte."

„Flachgelegt?"

„Verprügelt."

„Du solltest dich eindeutiger ausdrücken."

„Soll ich einen Sprachkurs vermitteln?", fragte Lozen. Die Typen sahen sie an.

„Lozen Graham, 17, Apachin, Vater Soldat bei der Army. Drei Leidenschaften: sich prügeln, Drogen und die Umwelt", sagte der Glatzkopf.

Dass die Glatze vom Truckstop wusste, bedeutete, er hatte sie überwacht, dachte sie. Unheimlich. Wie in einem schlechten Film.

„Wer seid ihr und was wollt ihr?"

„Mein Name ist Paul Guerra", sagte der Glatzkopf.

„Wie schreibt man Paul?"

Der Glatzkopf grinste.

„Ich suche besondere Menschen für besondere Aufgaben."

„Dann haben Sie einen Fehler gemacht. An mir ist nichts besonders."

„Sehe ich auch so", sagte der Staff Sergeant.

„Ihr Kumpel trägt Uniform. Militär ist nicht mein Ding", sagte Lozen.

„Ihr Vater ist Soldat."

„Eben."

„Ich weiß nicht, was du in der Kleinen siehst, Paul."

„Du wirst es sehen."

„Was wird er sehen?"

„Ich mache es kurz. Ich kann sie wegen Brandstiftung, Sachbeschädigung, Einbruch und Körperverletzung hinter Gitter bringen."

Sie schwieg. Sie hatte mit Kelly Esposito und Jessica Morales Tiere aus Zoos befreit, Bahngleise wegen eines Atommülltransports sabotiert Laster, Bagger und Werkzeugschuppen auf der Baustelle einer Ölpipeline in Brand gesetzt, um den Bau zu verhindern und andere Dinge. Sie hatte keine Ahnung, ob der Glatzkopf davon wusste oder sich nur auf den Abend mit dem Bonobo bezog.

„Und Sie sollten wissen, Ms. Graham, dass einer der Wächter schwere Verbrennung erlitten hat, als er versucht hat, das Feuer im Kopierraum zu löschen."

Fuck, dachte sie.

„Der Staff Sergeant neben mir heißt Goran Hickman. Wir leiten eine neugegründete Spezialeinheit."

„Ich bin völlig ungeeignet."

„Sie sind eine Schlägerin, haben keine Angst und können logisch denken. Sie sind die eine aus vielen."

„Die eine aus vielen, klingt nach einem miesen Filmzitat", sagte Lozen.

„Finde ich auch", sagte Goran Hickman.

Lozen schaute zur Tür. Goran Hickman bemerkte den Blick.

„Du hast recht, Paul, sie denkt wirklich darüber nach, wie sie abhauen kann", sagte er.

Lozen schwieg.

„Mein Angebot: Fünf Jahre, dann sind Sie frei und die Anklagepunkte gegen Sie vergessen", sagte Paul Guerra.

„Gibt es in den USA nicht genug Patriotinnen?"

„Ich suche keine einfache Soldatin."

„Sondern?"

„Sage ich, wenn Sie unterschrieben haben."

„Haben Sie nicht was vergessen?"

„Das wäre?"

„Ich bin keine achtzehn."

„Ich weiß."

„Sie brauchen die Genehmigung meiner Eltern, wenn ich der Army beitreten soll."

„Ihr Vater musste nicht lange nachdenken, als wir ihm die Optionen dargelegt haben. Es liegt an Ihnen."

Lozen sagte nichts. Dieser Guerra ist gut vorbereitet, dachte sie. Er wusste viel über sie und war offenbar sogar bei ihr zu Hause gewesen. Die Reaktion ihres Vaters hätte sie voraussehen können.

„Denken Sie über das Angebot nach", sagte Paul Guerra.

Die beiden Typen verließen ohne ein weiteres Wort den Raum.

22.

Jetzt.

Lozen stellte die mit Molotowcocktails gefüllte Getränkekiste aufs Dach.

„Du hast die Dinger schon öfter hergestellt", sagte Chen, der auf dem Dach Wache stand.

„Du weißt, wie sie funktionieren?"

„Vor ein paar Jahren war ich in einer autonomen Zone in Seattle, da hab' ich es gelernt. Ein Docht, getränkt mit Alkohol oder Kerosin. Wenn die Flasche beim Aufprall zerschellt, wird die entstehende Wolke aus Alkohol durch den Docht entzündet und verursacht einen Feuerball."

Lozen nickte. Ihren ersten Molotowcocktail hatte sie mit Kenny Aguilar geworfen. Nach einem Training hatte er einen Rucksack genommen und sie zu einem heruntergekommenen Haus unweit des Trailerparks mitgenommen. Er arbeitete gelegentlich für einen Kredithai und bestrafte säumige Schuldner. Die Fenster waren dunkel gewesen. Er hatte einen Molotowcocktail aus dem Rucksack genommen, ihn angezündet, ihr gesagt, dass der Bewohner zurzeit nicht da wäre, und die Flasche durch ein Fenster ins Haus geworfen. Die Flammen hatten sich schnell verbreitet. Ihr Onkel bemerkte ihren faszinierten Blick, hatte eine zweite Brandbombe aus dem Rucksack geholt, angezündet und ihr gegeben. Sie sah ihn kurz überrascht an, dann warf sie die Flasche. Sie traf knapp das Haus. Er hatte gelächelt. Gemeinsam beobachteten sie, wie das Feuer sich durchs Holz fraß, und lauschten dem Prasseln, Knacken und Knistern. Wunderbare Geräusche. Nach ein paar Minuten hatte Kenny Aguilar ihr auf die Schulter getippt und sie waren gegangen, enger verbunden als zuvor, weil sie eine weitere Gemeinsamkeit gefunden hatten. Bei künftigen Treffen entfachte er nach dem Training ein Lagerfeuer vorm Trailer.

Lozen schaute auf die Straße. Mitglieder der Horde wärmten sich an Feuerstellen und tranken dabei.

„Du weißt, dass Jack und Fouad sich entschließen könnten, Fog an die Horde auszuliefern", sagte Chen.

„Ist klar. Wie stehst du dazu?"

136

„Am Ende zählt, dass man überlebt."

„So ist es."

„Du könntest mit ihr abhauen."

Lozen lächelte ihn an, schlug ihm freundschaftlich auf die Schulter und ging in den ersten Stock zu Kelly Esposito, die mit Warchoi auf dem Bett saß. Das Laptop war aus. Vermutlich hatte der Akku den Geist aufgegeben.

„Wir müssen bald raus", sagte Lozen.

„Und?"

„Wir kommen nur durch, wenn wir als Team arbeiten."

„Reichen dir deine beiden Freunde nicht?", fragte Kelly Esposito und zeigte auf Lozens Axt und das Karambit.

Sie erwiderte nichts.

„Was ist der Plan?", fragte die Diebin.

„Ich habe keinen."

Es klopfte an der Tür.

„Ja?"

„Sie kommen", sagte Jack Cebulski.

23.

Vor einigen Jahren.

„Ich mach`s", sagte Lozen zu Paul Guerra.

„Warum? Weil Sie keine Wahl haben?"

„Man hat immer eine Wahl."

Der Glatzkopf grinste.

„Wie hat sich Kelly entschieden?", fragte Lozen.

„Wie kommen Sie darauf, dass ich ihr das gleiche Angebot gemacht habe?"

Lozen überging den Bluff. Sie wusste, dass, wenn er sie für geeignet hielt, das dann auch für ihre Freundin der Fall war.

„Hat ihre Mutter unterzeichnet?"

„Kelly Esposito ist bereits neunzehn. Sie braucht keine elterliche Genehmigung."

Lozen vergaß immer wieder, dass ihre Freundin älter war.

„Du solltest dir eines klar machen, Mädchen: Wenn du abhaust, jage ich dich und du kommst in den Knast. Und du solltest an deinen Vater denken. Eine

Deserteurin als Tochter würde seine Karriere beenden."

Lozen fiel auf, dass Paul Guerra angefangen hatte, sie zu duzen.

„Worum geht es eigentlich?"

„Ich leite ein Pilotprojekt. Für Einsätze im In- und Ausland."

„Heißt?"

„Geheime Einsätze, Operationen hinter feindlichen Linien, nachrichtendienstliche Aufklärung, das gezielte Töten einzelner Personen, Anti-Terrorbekämpfung."

„Gehen SEALS und Delta Force in Rente? Das ist doch deren Jobprofil."

Durch ihren Vater kannte sich Lozen aus.

„Es geht darum, Menschen mit speziellen Fähigkeiten zu sammeln und dadurch die Handlungsoptionen zu erweitern und zu verbessern."

„Gibt es dafür nicht die CIA?"

„Die Idee ist es, ein Team zu formen, dass unkonventionell denkt und handelt und sich deshalb aus Soldaten, Spionen und Menschen wie dir zusammensetzt."

„Menschen wie ich? Gekidnappte First Americans unter einundzwanzig mit sozialem Bewusstsein?"

„Ich mag deinen Humor."

„Das tun die wenigsten."

Er zuckte mit den Schultern.

„Der Verein hat doch bestimmt einen Codenamen", sagte Lozen.

„Green Faces."

„Klingt nach einer Schönheitsmaske aus Gurke."

„Ich mag Gurken."

„Ich mag den Film Angriff der Killergurken."

Er lachte.

„Was ist mit Ela?", fragte sie.

„Haben wir nach Hause geschickt."

Paul Guerra verschwand für anderthalb Stunden, dann brachte er sie aus dem kleinen Raum zu Goran Hickman, der vorm Gebäude, einem stillgelegten Bunker irgendwo in den Bergen, rauchend an einen grüngelben Ford lehnte. Auf dem Rücksitz saß Kelly Esposito. Sie nickte der Freundin zu, was diese erwiderte.

„Wo ist mein Wagen?", fragte Lozen.

„Verschrottet", sagte Goran Hickman.

„Was? Wieso?"

„Er ist nicht mehr angesprungen. Motor im Arsch."

Lozen versuchte, cool zu bleiben.

„Die Musikanlage war einiges wert", sagte sie.

„Hat der Typ von der Pfandleihe auch gemeint."

Sie sah ihn an und überlegte, ob sie ihm die Nase brechen sollte.

„Steig ein", sagte er.

Nach einem kurzen Zögern folgte sie der Anweisung.

Goran Hickman fuhr die Freundinnen nach Fort Campbell, Kentucky, dem Hauptquartier der 5th Special Forces Group, die es, wie der Staff Sergeant auf der Fahrt ausführte, seit 1961 gab, die in Vietnam, Bosnien, Somalia und Pakistan eingesetzt worden war und deren aktueller Verantwortungsbereich der Nahen Osten, die ehemaligen Sowjetrepubliken Kasachstan, Usbekistan, Turkmenistan und Kirgisistan und Teile von Afrika waren. Lozen sollte feststellen, dass das für ihre Einsätze keine Rolle spielte, weil die in anderen Ländern stattfanden.

Auf der Fahrt erklärte Goran Hickman, dass es bei der Army klassischerweise drei Ausbildungsstufen gäbe: Die Benning-Phase, die Grundausbildung, die Mountain-Phase, wo es ums Kämpfen in den Bergen ging, und dann die Florida-Phase, in der Dschungelkampf trainiert würde. Goran Hickman wies sie darauf hin, dass es bei den Green Faces eine vierte Stufe gäbe, die Gotham-Phase. Hier ging es um Einsätze in Großstädten. Dieser Phase wurde viel Zeit eingeräumt, und es ging neben Kampfstrategien im urbanen Raum um Überwachung, Verfolgung, Fahrtraining, kriminologische Ermittlungsarbeit und das Sicherstellen von Beweisen.

„Sicherstellen von Beweisen?", fragte Kelly Esposito.

„Autos klauen, Schlösser knacken, Safes öffnen, so was."

Nachdem er ihnen die Informationen gegeben hatte, stellte der Staff Sergeant das Radio an und wählte einen Sender, der Country and Western spielte, was die Freundinnen nervte.

Nach der Ankunft in der Kaserne durfte Lozen mit ihren Eltern sprechen. Ein schwieriges Telefonat. Ihr

Vater wollte die Schuld Kelly Esposito zuschieben, die er nie gemocht hatte, aber Lozen sagte ihm, sie wäre dafür nicht verantwortlich. Als sie aufgelegt hatte, beschloss Lozen, nicht mehr zu Hause anzurufen. Ihre Eltern meldeten sich anfangs ein paar Mal, aber sie nahm die Anrufe nicht an. Irgendwann gaben sie auf.

Die ersten Tage in Fort Campbell waren die Hölle für die Freundinnen. Das frühe Aufstehen, die Uniformen, der Befehlston, sie hassten es. Es gab keine unbeobachtete Minute, weil eine Soldatin im Auftrag von Paul Guerra sie nicht aus den Augen ließ, weil er offenbar befürchtete, dass sie und Kelly Esposito desertierten. Er lag nicht falsch. Anfangs dachten die Freundinnen darüber nach. Aber bei Lozen legte sich der Widerstand. Die Grundausbildung, die sie mit normalen Rekruten der Army machten, war für sie wie ein Rausch. Sie brachte sie und Kelly Esposito an ihre körperlichen Grenzen, was Lozen überraschenderweise gefiel. Die schmerzenden Muskeln, der schwere Körper nach einer bewältigten Übung gaben ihr ein gutes Gefühl. Bei Kelly Esposito war das anders.

Nach zehn Wochen brachte Goran Hickman sie in eine Anlage in den Rocky Mountains, zur zweiten Ausbildungsstufe, in der ausschließlich potenzielle Mitglieder der Green Faces untergebracht waren. Als er sie in den Schlafsaal führte, zeigte er auf die zehn Betten und erklärte ihnen, sie hätten die freie Wahl, weil es aktuell außer ihnen keine anderen Frauen gäbe.

„Klugscheißer aus Washington haben auf den Saal bestanden. Wegen Gleichberechtigung und so ein Scheiß", sagte er.

„Ja, Gleichberechtigung ist echter Scheiß", sagte Lozen.

„Witze kommen bei den Green Faces nicht gut an."

„Das ist traurig."

Goran Hickman fiel keine Antwort ein und verließ den Schlafsaal. Kelly Esposito warf sich auf ein Bett, Lozen legte sich neben sie.

„Ich hau ab", sagte Kelly Esposito.

„Du hast die Grundausbildung überstanden."

„Da wurden wir zu sehr beobachtet. Sie haben damit gerechnet."

Lozen antwortete nicht.

„Du kommst nicht mit, oder?"

Lozen schwieg nach wie vor.

„Du stehst auf Kampf."

„Was für ein Unsinn."

„War schon bei unserem ersten Treffen so. Du hast es genossen."

Kelly Esposito gab ihr einen Kuss auf den Mund.

24.

Jetzt.

Paul Guerra stand auf der Straße, die Maske mit den brennenden Hörnern auf dem Kopf, und schaute aufs Dach, auf dem Lozen jointrauchend stand und ihm den Mittelfinger zeigte. Sie hatten den Angriff abgewehrt. Es war nicht schwierig gewesen. Als Mitglieder der Horde zum Gerüst des Nachbargebäudes gelaufen waren, hatten Chen und Fouad Molotowcocktails auf die Straße geworfen, was die Horde in Angst versetzt und den Angriff beendet hatte.

„Bis jetzt läuft es gut", sagte Jack Cebulski.

„Yeah", sagte Lozen.

„Sie werden nicht aufgeben", sagte Chen.

„Sicher nicht. Das waren betrunkene Normalos. Auf Randale aus. Der Glatzkopf wird sich bessere Typen besorgen", sagte Lozen.

„Worum geht es bei dieser Sache? Weißt du das?", fragte Jack Cebulski.

Lozen entschloss sich, die Wahrheit zu sagen.

146

„Um Festplatten, die wahrscheinlich zeigen, wer wie die Horde finanziert."

„Das ist uns egal."

„Schreib es auf meine Rechnung."

„Was nützt mir eine Rechnung, wenn ich sie nicht einkassieren kann."

Lozen zuckte mit den Schultern.

„Vielleicht solltest du gehen", sagt er.

Sie sah ihn an. Jack Cebulski rieb sich den Nacken.

„Du weißt, es ist nichts Persönliches", sagte er.

25.

Vor einigen Jahren.

Zwei Soldaten brachten Lozen ins Verhörzimmer. In dem grau-grünen Raum saß Paul Guerra an einem Tisch mit zwei Stühlen.

„Deine Freundin hat es wieder versucht", sagte er.

Lozen setzte sich und schwieg.

„Krieg sie unter Kontrolle. Wenn sie erneut desertiert, geht sie für viele Jahre in den Knast. Diesmal ist sie mit einem blauen Auge davongekommen."

„Lass sie gehen."

„Kann ich nicht. Ihr zwei werdet den Green Faces gute Dienste leisten. Wenn ihr gebändigt seid."

Lozen sah ihn grimmig an.

„Du würdest mich jetzt gerne umlegen, oder?", fragte er.

Sie sagte nichts.

„Mit dir habe ich eine echte Killerin im Team."

Paul Guerra schnipste mit dem Finger und die Soldaten brachten sie zurück in den Schlafsaal. Kelly Esposito saß auf ihrem Bett. Sie hatte ein blaues Auge, die Nase war gebrochen und wirkte deshalb noch größer als sonst. Sie sah Lozen wütend an.

„Hey, Kelly, ich hab dich nicht eingefangen."

Lozen umarmte ihre Freundin. Sie befanden sich in der Benning-Phase. Sie waren Teil einer bunt zusammengewürfelten Truppe. Bei knapp einem Drittel handelte es sich um IT-Experten, Sportlern, Gangmitgliedern oder Kriminellen frisch aus dem Knast. Der Rest waren SEALs, Marines, Ranger und Polizisten. Lozen und Kelly Esposito warem die einzigen Frauen und die Jüngsten.

Die Kerle hatten ihnen anfangs das Leben schwer gemacht. Mit Sprüchen, Pfiffen und Dick-Pics. Am schlimmsten war ein SEAL gewesen. Blond und aufgepumpt. Wann immer sich die Gelegenheit bot, meistens bei den Mahlzeiten, hatte er ihre Brüste begrapscht oder auf den Po geschlagen, was bei den anderen ein Wolfsgeheul ausgelöst hatte. Paul Guerra hatte ihre Beschwerden ignoriert und nichts unternommen. Sie hatten beschlossen, die Sache selber zu regeln, und ihm aufgelauert. Kelly Esposito hatte ihm mit einem Baseballschläger die linke Kniescheibe und den Kiefer zerschlagen, Lozen sich auf ihn gesetzt und mit einem Messer eine Zielscheibe auf die Stirn geritzt. Seitdem ließ die Kerle sie in Ruhe. Paul Guerra bestrafte sie nicht. Offenbar gefiel es ihm, dass sie sich durchgesetzt hatten, mutmaßte Lozen.

„Ich muss weg", sagte Kelly Esposito.

„Ich weiß. Aber du musst Geduld haben."

Sie wusste, dass Paul Guerra nicht bluffte.

„Wir sind in einem verdammten Gefängnis."

„Du kommst in ein richtiges, wenn du nicht wartest."

„Warum gefällt es dir hier?"

„Wie kommst du darauf, dass es mir gefällt?"

„Du lächelst, wenn wir durch Matsch robben. Und du hast auch gelächelt, als wir dem Arsch die Zielscheibe eingeritzt haben."

Lozen sagte nichts. Weil ihre Freundin recht hatte und sie nicht erklären konnte, warum sie nicht wegrennen wollte, obwohl sie von Befehlen und Kasernenleben genauso wenig hielt wie Kelly Esposito.

„Warte. Bis sich die perfekte Chance bietet."

150

„Ich weiß nicht, ob ich das kann."

26.

Jetzt.

Rhim saß in ihrem Weihnachtspulli an der von Kerzen beleuchteten Bar und nippte an einem Wodka. Die Flasche stand vor ihr auf der Theke. Lozen ging hinter die Bar und nahm sich eine Flasche Wasser aus dem Kühlschrank.

„Sie kommen öfters zu Chen und Jack", sagte die Südkoreanerin zu ihr.

„Ich arbeite gelegentlich mit den beiden."

Rhim leerte den Schnaps, hielt das leere Glas Lozen hin, die es füllte.

„Sie müssen verschwinden", sagte die Südkoreanerin.

„Ich weiß."

„Jack und Chen sind nett, aber keine guten Menschen."

„Wer ist das schon?"

Rhim schenkte ihr dafür ein Grinsen und Lozen fragte sich, was für eine Geschichte die alte Koreanerin hatte. Sie musste an all die koreanischen Agentenfilme denken, die sie gesehen hatte. Vielleicht war die alte Frau eine nordkoreanische Schläferin, die auf ihren Einsatzbefehl wartete.

„Kennen Sie die Gefangene?", fragte Rhim.

„Wie kommen Sie darauf?

„Ein Gefühl."

„Ein Gefühl?"

„Wenn Sie sie nicht kennen würden, würden Sie dem Konflikt mit der Horde auch aus dem Weg gehen."

„Glauben Sie?"

„Sie sind jemand, der für Geld kämpft, nicht für sein Land."

„Kämpfe ich nicht für mein Land, wenn ich gegen die Horde antrete?"

„Die Horde ist mittlerweile das Land."

Fouad betrat die Billardhalle und setzte sich zu ihnen.

„Verdammt kalt", sagte er.

„Yeah", sagte Lozen.

Rhim leerte das Schnapsglas, hielt das Glas Lozen hin, die es füllte.

„Also: Was ist Ihr Plan?", fragte sie.

„Gute Frage", sagte Lozen.

„Was für ein Plan?", fragte Fouad.

„Fouad, das hier ist ein Frauengespräch. Gib uns ein wenig Raum."

Er sah sie irritiert an.

27.

Vor einigen Jahren.

„Wo bist du?", schrieb Lozen und schickte die Nachricht ab. Sie betrat den dunklen Schlafsaal, schaltete das Licht an und atmete durch. Nach einer 12-stündigen Geländeübung in den Bergen war sie unterkühlt, übermüdet und verdreckt. Ihr Körper schmerzte und schien eine Tonne zu wiegen.

„In der Halle. Muss gleich ran", war Kelly Espositos Antwort.

Die Halle, so nannten die Ausbilder den Trainingsraum für Nahkampf. Paul Guerra hat die Freundinnen für diese Woche, ohne es zu begründen, in unterschiedliche Trainingsteams gesteckt. Die Freundinnen befanden sich in der Mountain-Phase.

„Ich hol dich ab."

Lozen warf den fünfzig Pfund schweren Rucksack auf dem Boden, legte das Futteral mit dem Gewehr für die Scharfschützenausbildung aufs Bett, zog Stiefel und Klamotten aus, marschierte in Badelatschen zum

Duschraum, in dem es leicht nach Fäulnis roch, und wusch sich. Das heiße Wasser vertrieb die Kälte aus ihrem Körper.

Als Lozen fertig geduscht hatte, wickelte sie sich ein grobes weißes Handtuch um den Körper und ging zurück in den Schlafraum, wo sie sich Unterwäsche, einen schwarzen Trainingsanzug und schwarze Sneaker anzog. Sie hob die Matratze hoch, griff den Stoffbeutel, der darunter lag, nahm zwei Joints heraus und ging aus der Unterkunft, einem grau-grünen Wohncontainer. Draußen war es angenehm warm. Das Zirpen der Heuschrecken war zu hören. Das absolute Gegenteil zur kahlen, verschneiten Bergwelt der letzten Stunden. Sie setzte sich vor die Tür und schrieb eine Nachricht. Ein paar Minuten später erschien ein breitschultriger Typ mit kurzen graublonden Haaren, der wie sie den schwarzen Trainingsanzug trug.

„Hey, was geht ab?"

Er warf ihr einen Klarsichtbeutel mit bunten Pillen zu. Steroide, Aufputschmittel und Schmerztabletten. Er war ihr E. P. bei den Green Faces. Lozen drückte ihm eine Rolle Dollar-Noten in die Hand. Der Typ hieß

Locke, war ein Ausbilder der Green Faces und ihr wichtigster Kontakt. Ohne seine Produkte hätten die Freundinnen die zehn Stunden im Fluss, den Dreißig-Meilen-Berglauf, den Cardio-Drill und den Schlafentzug der letzten Wochen nicht überstanden. Er hatte sich eines Tages beim Frühstück neben sie und Kelly Esposito gesetzt und gemeint, er könne ihnen helfen, gegen Bares natürlich. Sie hatten nicht gezögert.

„Take care", sagte Locke und ging.

Lozen steckte den Beutel in die Hosentasche und schlurfte mit schweren Beinen zur Halle, in der es vier klassische Box-Ringe und zwei mit Tatami-Matten ausgelegte Bereiche gab. Lozen setzte sich an den Mattenrand und nickte Kelly Esposito zu, die verschwitzt im grünen BJJ-Gi auf der anderen Seite saß. Der Nahkampfcoach, ein bulliger 120-Pfund-Typ mit Schnäuzer, zeigte auf einen schlanken Kerl und Kelly Esposito. Der Kerl begann, sie auseinanderzunehmen. Er warf sie zu Boden, packte sie von hinten, setzte den Rear Neck Choke an, einem Würgegriff, und ließ sich Zeit, nachdem sie abgeklopft hatte.

„Fuck", sagte Kelly Esposito, als sie sich neben Lozen fallen ließ und den Hals rieb. Lozen sah sie an und zog die Augenbraue hoch.

„Yeah, ich weiß, aber ich bin nicht du", sagte Kelly Esposito.¨

Lozen war im Kämpfen besser als ihre Freundin. Ihr Onkel hatte ihr in den Jahren nach dem Kampf in der Schule die Techniken beigebracht, die er beherrschte. Es war eine Mischung aus Brazilian Jiu-Jitsu, Boxen, Thai-Boxen, Wing Tsun, Aikido und jeder Menge Outlaw-Tricks gewesen. Kenny Aguilar hatte ihr eingetrichtert, dass es nicht darum ging, als harte Frau rüberzukommen, weil es davon viele gab. Es ginge auch nicht um Respekt. Seine Strategie war eine andere. Die Gegner sollten glauben, sie wäre eine Irre. Denn dann hätten sie Angst, erklärte er ihr.

Als der bullige Nahkampfcoach Lozen am ersten Tag herausgefordert hatte, hatte sie sich nicht auf einen ehrlichen Kampf eingelassen, sondern ihm erlaubt, sie zu Boden zu werfen, dann hatte sie ihm in die Wange gebissen. Richtig fest. Sie hatte ein Stück Fleisch rausgerissen. Er hatte geschrien und stark geblutet, Sie hatte sich von ihm befreit, gegen seinen Kehlkopf geschlagen und ihm sein Blut und Fleisch ins Gesicht gespuckt. Paul Guerra, der zugesehen hatte, hatte begeistert geklatscht.

„Ich hab` Durst", sagte Kelly Esposito.
Sie gingen aus der Halle und kletterten aufs Dach der Wohnbaracke, wo sie Whiskey gebunkert hatten. Sie hatten selten frei und damit wenig Gelegenheit, Drinks und andere Drogen zu genießen. Normalerweise fuhren sie mit dem Auto in die nächste Stadt und gingen in eine Bar, die „Y" hieß, in der eine schreckliche Musik gespielt wurde, es zehn verschiedene Biersorten vom Zapfhahn und zwanzig weitere in der Flasche gab und in die Soldaten und Menschen aus der Umgebung kamen. Das letzte Mal waren sie vor drei Wochen da gewesen.

„Wann musst du wieder ran?", fragte Kelly Esposito.
„Ich in fünf Stunden."
„Ich auch."

Kelly Esposito öffnete eine Flasche und nahm einen tiefen Zug. Lozen zog den Beutel mit Pillen hervor und teilte sie in zwei Haufen. Sie pickten jeweils drei heraus und spülten sie mit dem Whiskey hinunter. Lozen holte einen Joint hervor, den sie gemeinsam rauchten. Langsam verschwanden die Schmerzen aus ihrem Körper. Sie lehnte sich an Kelly Esposito.

„Florida soll härter werden", sagte ihre Freundin.

„Yeah. Dann beginnen sie, auszusieben."

„Wasser- und Dschungel-Scheiß."

„Wasser- und Dschungel-Scheiß."

„Was, wenn wir nicht bestehen?"

„Guerra würde glauben, wir faken, und uns in den Knast schicken."

28.

Jetzt.

Chen öffnete die Hintertür, die in die verschneite Gasse hinter der Billardhalle führte, wo grüne und blaue Mülleimer standen, und schaute raus. Der Nachthimmel war wolkenlos. Der Schneefall hatte gestoppt. Es gab keine Fußspuren im Schnee.

„Niemand da. Viel Glück", sagte er zu Lozen und Kelly Esposito, die ihren Rucksack trug.

„Glück ist ein Scheißpartner", sagte die Diebin.

„Ich kann es nur wiederholen: Glück ist eine Superkraft", sagte Lozen.

„Jetzt muss ich überlegen, wann und wie ich den Verrückten da draußen klar mache, dass ihr weg seid", sagte Chen.

„Musst du nicht", sagte Lozen.

„In dem Moment, wo wir in die Gasse gehen, wissen sie es", sagte Kelly Esposito.

Chen sah sie fragend an.

„Wir kennen den Anführer mit den brennenden Hörnern und wissen, wie er arbeitet", sagte Lozen.

„Hab` ich`s doch geahnt."

Lozen, Kelly Esposito und Warchoi traten in die verschneite Gasse und gingen nach links. Mit jedem Schritt versanken sie bis unters Knie im Schnee. Als sie das Ende der Gasse erreichten, hörten sie einen langen, vogelähnlichen Pfiff von irgendwo über ihnen, der von verschiedenen Seiten beantwortet wurde. In der Dunkelheit wirkte es unheimlich. Paul Guerra war Profi. Er hatte Wachtposten aufgestellt und den Amateuren, mit denen er arbeiten musste, seine Kommunikationstricks beigebracht.

Sie traten aus der Gasse auf die Straße. Von links sahen sie eine Gruppe der Horde durch den Schnee auf sie zu stapfen. Sieben oder acht Typen. Sie waren circa siebzig Meter entfernt. Lozen zog die 45er aus dem Hosenbund und reichte sie Kelly Esposito, die sie fragend ansah.

„Gehört dem Typen mit den Lachfalten."

„Okay."

„Hast du ein Problem?"

„Ich hatte eine Ewigkeit keine Waffe in der Hand."

„Und?"

„Nicht wichtig. Let`s go."

Warchoi rannte problemlos durch den Schnee. Aus den Häusern, die sie passierten, kam selten Licht. Sie bogen nach rechts. Als Reaktion hörten sie zwei Pfiffe in Folge.

„Wir müssen sie loswerden", sagte Kelly Esposito.

Lozen zeigte vor sich auf das Metro-Zeichen.

„Ich hoffe, die Station ist offen."

„Du hoffst?"

„Hey, du bist die legendäre Fog. Du solltest jede Tür öffnen können."

Sie stapften zur Metrostation, rutschten die verschnei-ten Stufen hinunter. Die Station war nicht verschlos-sen. Sie gingen die Rolltreppe nach unten und schwangen sich über die Fahrkartenschranken. Ob-dachlose hatten Feuer auf der Plattform und im Tun-nel gemacht. Lozen, Kelly Esposito und Warchoi sprangen auf die Gleise und rannten in den Tunnel.

„Was ist dein Plan?", fragte Kelly Esposito.

„Ich habe keinen Plan, ich improvisiere."

„Werden sie uns nicht an der nächsten Station erwarten?"

„Unwahrscheinlich. Wie wir hat die Horde keinen Strom, keine Handyverbindung. Und Guerra besitzt nicht unbegrenzt Leute. Sein Netz an Wachen wird nur ein paar Blocks abdecken."

Sie passierten ein Feuer, um das sechs Menschen saßen, und kamen zu einem leeren Metro-Zug, der wohl beim Stromausfall an dieser Stelle zum Stehen gekommen war. Die Passagiere waren wahrscheinlich zur nächsten Station gegangen. Hinter sich hörte Lozen die Horde in den Tunnel kommen.

Die Freundinnen rannten an der Metro vorbei, die Gleise entlang zur nächsten Station, und kletterten auf die Plattform.

„Du bist gut in Form", sagte Lozen.

„Calisthenics."

„Wow."

„Du?"

„Butterflyfights.“

„Du boxt für Geld?“

„Wofür sonst?“

Sie liefen zum Ausgang und die Rolltreppen hoch ins Freie, wo Schneefall eingesetzt hatte.

„Wir haben Glück. Der Schnee wird unsere Spuren verwischen. Was jetzt?“, fragte Kelly Esposito.

„Gute Frage. Aslan will uns am Rande von DC in einem Motel treffen. Er kann uns rausbringen. Die Frage ist, wie wir dahin kommen.“

„Wir brauchen was, was uns schneller durch den Schnee bringt als Guerras Verrückte.“

„Aber die müssen wir erst mal loswerden.“

Der Schneefall nahm zu. Dazu kam ein scharfer Wind auf. Lozen schaute sich um und sah ein heruntergekommenes Gebäude mit vielen Graffitis, von denen eines in der Dunkelheit leuchtete. Es war ein Wort: Eternals.

„Ich hab eine Idee“, sagte Lozen.

29.

Vor einigen Jahren

Lozen und Kelly Esposito genossen die Wärme des von der Sonne aufgeheizten Asphalts. Sie lagen am Rande einer Straße, die XM7-Sturmgewehre neben sich, blickten in den wolkenlosen blauen Himmel und warteten. Um sie herum war ein dichter, schöner, grün-gelber Wald. Nicht weit entfernt, die Straße runter, befanden sich verfallene Gebäude aus grauweißem Stein.

„Hattest du viel Kontakt zu Key?", fragte Kelly Esposito

„Es geht."

Ein Typ, der mit ihnen bei den Green Faces begonnen hatte, hatte sich am Ende der Florida-Phase in den Kopf geschossen.

„Ich hätte Lust, bei NoW anzurufen", sagte Kelly Esposito.

Lozen nickte.

„Bestimmt hat Goran es übertrieben."

„Bestimmt."

In der Florida-Phase hatte sich der Ton geändert. Während beispielsweise beim Training der SEALS die Ausbilder von vornherein die schwachen Rekruten aussieben wollten, durch knallhartes Training, durch psychologischen Druck, war es bei der Ausbildung der Green Faces zu Beginn darum gegangen, die künftigen Mitglieder in Bestform zu bringen. Wegen der Quereinsteiger, deren körperliche Fähigkeiten aufgebaut werden mussten. Erst ab Florida begannen die Ausbilder Kandidaten, die nicht die erwünschte Leistung brachten, nach Hause zu schicken. Paul Guerra hatte eine Glocke aufgehängt, die jeder, der aufgeben wollte, läuten musste.

Der Druck war enorm. Als Lozen sich bei einer Übung den Knöchel gebrochen hatte, war Goran Hickman in der Krankenstation aufgetaucht und hatte ihr befohlen, zum nächsten Lauftraining anzutreten. Sie hatte sich geweigert, worauf er sie als Simulantin bezeichnet hatte. Sie hatte sich an ihren Onkel und seine Botschaft erinnerte und den Staff Sergeant, wie es sich für eine Irre gehörte, mit der Krücke k. o. geschlagen. Dann war sie zum Lauftraining gehumpelt, wo der dortige Coach sie zurück auf die Krankenstation geschickt hatte. Natürlich wollte Goran Hickman sie wegen der Attacke vors Kriegsgericht bringen, aber Paul Guerra hatte es verhindert, wie Lozen spekuliert hatte, denn er hatte sie schließlich mit viel Aufwand zu den Green Faces geholt.

„Key hatte eine Frau und eine Tochter", sagte Lozen.

„Shit", sagte Kelly Esposito.

„Er hat Steroide und Anabolika geschluckt."

„Tun wir auch."

„Er soll es übertrieben haben. Sagt Locke."

„Und er hat ihm trotzdem das Zeug verkauft."

„Ist sein Business."

„Du bist so zynisch."

„Ich sehe die Dinge, wie sie sind, nicht, wie sie sein sollten."

„Ein Zitat?"

„Yeah. Weiss nicht mehr vom wem."

Lozen schaute zur Seite und sah eine Gruppe bernsteinfarbener Ameisen über den Asphalt rennen. Die

Insekten waren beeindruckend schnell unterwegs, fand sie.

„Weißt du, woher Key kam?", fragte Kelly Esposito.

„Navy. War drei Jahre dabei, sagt Locke."

„Dann kannte er doch den Drill."

„Wir haben während Florida kranken Scheiß gemacht."

„Yeah."

„Nach dem Run habe ich Key gesehen. Er war durch."

Beim sogenannten Run waren sie in einem Sumpfgebiet ausgesetzt worden, ohne Wasser, Nahrung und Waffen, injiziert mit einem Schlangengift, dass Fieber, Übelkeit, Kopfschmerzen, Erbrechen und partielle Lähmungserscheinungen ausgelöste hatte.

„Du willst sagen, Key war zu soft", sagte Kelly Esposito.

„Jeder bricht irgendwann."

Eine Sirene erklang. Ihr Signal. Sie erhoben sich, griffen die Sturmgewehre und schlenderten langsam in Richtung der Häuserruinen, die, als sie näherkamen, wie ein nicht abgeschlossenes Bauprojekt aussahen. Fünf oder sechs Gebäude, einige eingestürzt, in der

Mitte ein überwucherter Weg, an den Rändern dichte Baumgruppen. Unübersichtlich, Feinde hinter jeder Ecke, vermutete Lozen. Es war ihr erstes Training in der Gotham-Phase.

30.

Jetzt.

„Eternals" war der ironische Name für das Pop-up-Museum, das vor einem guten Monat in einem zweistöckigen Bürogebäude eingerichtet worden war, welches in einem Jahre abgerissen werden würde. Lozen Idee war, sich im Ausstellungsgebäude zu verstecken, damit die Verfolger an ihnen vorbeizogen und sie sich danach auf den Weg zum Motel machen konnten.

Zu ihrer Überraschung war die Eingangstür nicht verschlossen. Als sie und Kelly Esposito das Gebäude betraten, schlug ihnen ein Geruchscocktail von verbranntem Holz, Parfüm, Hasch und Alkohol entgegen. Die Luft war schwer zu atmen. Jemand sang in der Ferne.

Die Freundinnen gingen, der Musik folgend, einen dunklen Flur entlang und gelangten in den Ausstellungsraum, der voller Partypeople in warmen Outdoorklamotten war, die knutschten, quatschten, tanzten, tranken oder rauchten. Microdosing interessierte niemanden. Im Raum waren Fackeln aufgestellt, in der Mitte stand ein Metallfass, in dem ein Feuer brannte, das den geringen Sauerstoffgehalt erklärte.

Ein Typ und eine Frau standen in einer Ecke, spielten Gitarre und sangen die Coverversion eines alten Folksongs, in dem sie erklärte, sie könne sein Wegweiser sein. Durch die Fackeln waren die Exponate gut zu sehen. Es war eine Ausstellung von den besten Pressefotos des vergangenen Jahres. Eine Frau, die gegen einen für den Supreme Court nominierten Richter wegen sexueller Belästigung aussagte; Golfspieler auf Hawaii, während der Kilauea-Vulkan ausbrach: Tausende Migranten auf dem Weg zur Grenze der USA; Menschen, die eine High School in Florida verließen, in der ein Amokschütze siebzehn Schüler und Angestellte getötet und Dutzend weitere verletzt hatte. Lozen kannte die Ausstellung. Lionel hatte sie und Johnnie To vor einigen Tagen hingeschleppt.

Eine dicke Frau in schwarzer Latzhose und einen langen, grünen Cardigan torkelte auf Lozen und Kelly Esposito zu.

„Ist das nicht ne geile Party? Was für ein Ort, was für eine Nacht."

„Absolut", sagte Lozen.

„Yeah", sagte die Frau und torkelte weiter.

Lozen entdeckten einen Tisch, auf dem Flaschen mit Schnaps, Bier, Wein, Softdrinks und Wasser standen. Sie tranken ein Wasser und setzten sich auf ein durchgesessenes grünes Sofa, hinter dem ein Weihnachtsbaum aus Plastik stand, in dem bunte Leuchtstäbe steckten. Warchoi legte sich vor ihre Füße und beobachtete misstrauisch die Partypeople.

Das Duo begann einen neuen Song. Einen Country-Klassiker, in dem es darum ging, dass Leute vom Lande in jeder Situation überleben konnten. Lozen mochte den Song, obwohl er hilliebilliekonservativ war.

„Willst du eigentlich nicht fragen, was ich mache, wo ich wohne, und so?", fragte Kelly Esposito.

„Die Basics?"

„Yeah."

„Dachte, du wirst es mir sagen, wenn du willst."

„Willst du es nicht wissen?"

„Doch."

„Du bist seltsam."

Lozen zuckte mit den Schultern.

„Also, erzähl", sagte sie.

Kelly Esposito schüttelte den Kopf.

„Also?"

„Ich wohne in Los Angeles."

Die dicke Frau kam zurück, stellte erneut fest, dass es eine geile Party und eine besondere Nacht wäre, und zog weiter.

„Du sagtest: ,Los Angeles'."

„Groß. Anonym. Warmes Wetter. Viel Kino."

„Viel Kino."

„Du hast mich infiziert."

Sie lächelten sich an.

„Und was machst du, wenn du nicht bei irgendwem einbrichst?"

„Ich gehöre zu einer Gruppe. Wir nennen uns die WeatherSaver."

„Du bist noch dabei."

„Anders als du."

Lozen sagte nichts.

„Teilweise machen wir krasses Zeug. Letzten Monat haben wir den Chef des Office of Enforcement and Compliance Assurance, der Strafverfolgungsbehörde der Umweltbehörde, eine Nacht lang in einen Käfig mit Schweinen gesteckt und das live im Netz übertragen."

„Warum?"

„Weil er nicht stark genug gegen Umweltsünder vorgeht."

„Wissen deine WeatherSaver, womit du dein Geld verdienst?"

„Einige."

„Was denken sie, was du machst?"

„Ich habe einen Cannabismarkt."

„Wirklich?"

„Yeah."

„Cool."

„TBC, CBD, Eatables, Öle. Beruhigt die IRS, weil ich regelmäßig Steuern zahle. Und der Laden läuft gut."

„Regeln, wen du bestiehlst?"

„Nein, eigentlich nicht."

Drei Mitglieder der Horde mit abgezogenen Masken betraten den Ausstellungsraum und schauten sich um. Automatisch legte Lozen die Hand auf ihre Waffe. Die dicke Frau torkelte in Begleitung eines Typen in einer blauen Winterjacke auf die Besucher zu und quatschte mit ihnen. Vermutlich darüber, wie geil die Party und besonders die Nacht war. Die drei ignorierten sie, gingen zur Ecke mit den Getränken, nahmen zwei Schnapsflaschen und verschwanden.

„Wir müssen noch warten", sagte Kelly Esposito.

„Yeah."

Vier Typen begannen, um das brennende Fass zu tanzen, irgendetwas Rituelles, was nicht zum Rhythmus des Songs passte.

„Wie bist du auf Carl Denvers gekommen?", fragte Lozen.

„Wie gesagt: Stark Oil."

„Du hast nichts von seiner Verbindung zur rechten Szene gewusst?"

„Leider nicht."

„Hm."

„Soll hm heißen, schlecht vorbereitet?"

176

„Nope. Verschleiern ist sein Ding. Er und seine Frau haben mich fertiggemacht."

„Rachegedanken?"

„Sicher."

„Aber?"

„Cebulski ist mir zuvor gekommen. Sie haben einen Kumpel von ihm ermordet. Er hat sie erschossen, Denvers hatte Glück und überlebte."

„Du bist wirklich eine Kriminelle geworden."

„Ich verkehre nur mit Kriminellen."

„Wortklauberei. Du bist eine Adrenalinsüchtige. Schon immer gewesen. Dir geht es um den Push."

„Das denkst du?"

„Yeah. Warum solltest du sonst für einen russischen Gangster arbeiten?"

„Geld verdienen?"

31.

Vor einigen Jahren

Als sie zurück war, flüchtete Lozen in die Dunkelheit, weil sie sich in ihr sicher fühlte. Mit dem Tageslicht kam die Angst, weshalb sie sich in einem Kino versteckte, bis die Nacht wieder erwachte. Manchmal schlief sie zwischendurch ein, aber nie lange genug, um den ganzen Film zu verpassen. Sie schaute eine romantische Komödie, in der Eltern, die zwei Jahrzehnte geschieden waren, verhindern wollten, dass ihre Tochter einen Seegrasfarmer in Bali heiratete. Diese Art von Filmen war nicht ihr Ding, aber sie mochte den Hauptdarsteller und die Dialoge waren lustig. Nach der ersten halben Stunde ließ sich Kelly Esposito neben ihr in den Sitz fallen. Lozen hatte ihr geschrieben, wo sie war.

„Seit wann guckst du so einen Schrott?"

Lozen zuckte mit den Schultern. Ihrer Freundin ging es nicht besser als ihr. Sie hatte sich in einem billigen Motel-Zimmer isoliert, wo sie sich Drogen reingehauen und Lozen mit unscharfen Fotos und wirren Nachrichten überschwemmt hatte.

„Nicht viel los", sagte Kelly Esposito.

„Es ist zehn Uhr morgens an einem Dienstag. Da gehen nicht viele Menschen ins Kino."

Am anderen Ende des Saals saßen drei Teenagerinnen, die vermutlich die Schule schwänzten. Ansonsten gab es keine Zuschauer.

„Siehst du eigentlich mal Tageslicht?", fragte Kelly Esposito.

„Kannst du denn erkennen, ob es Tag oder Nacht ist?"

Lozen zog eine Flasche Whiskey aus dem Rucksack, der neben ihr auf dem Boden lag, nahm einen Schluck und reichte sie ihrer Freundin.

„Wenn ich in diesem Augenblick in einer Großstadt wie New York wäre", sagte Lozen, „würde ich mit der Subway von Endhaltestelle zu Endhaltestelle fahren, ausschließlich Strecken, die unterirdisch sind, vielleicht aussteigen, den Tag in einer Haltstelle, einem Tunnel oder in einem dieser kleinen Räume verbringen, in dem die Arbeiter ihre Werkzeuge lagern."

„Über was für eine Scheiße denkst du nach?"

„Wenn ich an deine Nachrichten denke, komme ich zum Schluss, dass du gar nicht denkst."

„Das wäre schön."

Es hatte keine Vorwarnung gegeben. Paul Guerra war aufgetaucht, hatte ihnen verkündet, die Ausbildung wäre beendet und befohlen, zu packen. Zwanzig Stunden später sprangen sie mit einem vierzehnköpfigen Team aus einem klapprigen Laster. Lozen und Kelly Esposito wussten nicht, wo sie sich befanden. Es war klar, dass es sich um eine arabische Stadt handelte, weil sie am Landeplatz, als sie aus dem Flugzeug gestiegen waren, Wüste und ein Kamel gesehen hatten und weil arabische Musik zu hören war, als sie kurz vor Morgengrauen die menschenleere Straße entlangliefen. Die Teammitglieder der Green Faces trug keine Uniformen. Die schusssicheren Westen waren unterschiedlicher Herkunft, genauso wie Waffen, Munition und die schwarzen Klamotten.

Gegenüber einem beigen mehrstöckigen Wohnhaus blieben sie stehen. Es war das einzige Gebäude, in dem Licht brannte. Die Teammitglieder schwitzten.

Es war heiß. Auf dem Flug hatte Paul Guerra auf dem Laptop Fotos des Hauses gezeigt. Aus dem sollte ein Typ extrahiert werden. Er hatte die Aufnahme der Zielperson aufgerufen, die einen bärtigen Kerl zeigte, und erklärt, es wäre ein Terrorist und Feind der USA. Lozen hatte gefragt, ob Guerra wisse, wo er sich im Haus aufhielte. Vierter Stock, war die Antwort gewesen. Die genaue Information hatte Lozen beruhigend gefunden. Anscheinend war gute Vorarbeit geleistet worden. Warum jetzt die Aktion, hatte Kelly Esposito wissen wollen. Die Gefahr wäre eminent, wurde ihr gesagt. Die übrigen Teammitglieder stellten keine Fragen. Einer war ein Ex-Cop, einer ein Ex-Gangmitglied, die übrigen waren schon vor den Green Faces Soldaten gewesen. Darunter auch der SEAL, dem sie das Knie zerschlagen und das Bullseye auf die Stirn geritzt hatten.

Die wenigen Straßenlaternen verbreiteten ein angenehmes goldoranges Licht.

„Haustür?", fragte Kelly Esposito, die sich während der Gotham-Phase zur Spezialistin für Schlösser und Sicherheitsanlagen entwickelt hatte.

„Nicht verschlossen, laut Intel", sagte Paul Guerra.

Die Kommunikation des Teams fand via Headsets statt.

„Okay."

„Dann los."

Die Green Faces liefen aufs Gebäude zu, erreichten die Haustür, die sich aufdrücken ließ, und betraten mit den Waffen im Anschlag das menschenleere Treppenhaus. Den Ablauf waren sie während des Fluges mehrfach durchgegangen. Vier Stockwerke, sechszehn Green Faces, vier pro Stockwerk. Drei Teams sicherten, eines holte die Zielperson. Das war das von Paul Guerra.

Lozen, Kelly Esposito, der SEAL und das Ex-Gangmitglied gingen das schlecht beleuchtete Treppenhaus hoch in den vierten Stock. Ein türloser Durchgang führte in einen Flur ohne Licht. Das störte die beiden Typen nicht. Sie strotzten vor Selbstbewusstsein.

„Ihr bleibt hier, Mädels, wir gehen rein", sagte der SEAL.

Lozen und Kelly Esposito sahen sich belustigt an.

„Hey, viel Spaß", sagte Kelly Esposito.

Die Freundinnen blieben beim Aufgang stehen, die Typen gingen mit den Waffen im Anschlag den dunklen Flur entlang. Nach ein paar Schritten schienen sie zu stolpern und es gab eine Explosion. Körperteile und Blut flogen durch den Flur und trafen die Freundinnen am Körper und im Gesicht.

„Fuck", sagte Kelly Esposito.

Schüsse und Explosionen waren zu hören. Übers Headset befahl Paul Guerra den Teams mit ruhiger Stimme, das Gebäude zu verlassen. Sie liefen nach unten. Im zweiten Stock sprang ein Bärtiger mit Maschinenpistole ins Treppenhaus, der sofort auf sie zielte. Lozen war schneller. Der Bärtige fiel. Der erste Mensch, den sie in ihrem Leben getötet hatte. Mit drei Schüssen in die Brust.

Sie liefen weiter nach unten. Vor dem Haus standen Paul Guerra und die überlebenden Green Faces, insgesamt zehn. Einer trug die Zielperson über den Schultern. Sie liefen die Straße zurück zum Laster, sprangen rein und fuhren ohne Zwischenfälle zum Flugplatz. Erst als sie in den USA landeten, konnten die Freundinnen die blutigen Uniformen ausziehen.

„Was machst du, wenn der Film vorbei ist?", fragte Kelly Esposito.

„Irgendein Science-Fiction läuft in Kino 5."

„Worum gehts?"

„Keine Ahnung."

Sie tranken aus der Whiskeyflasche.

„Denkst du an den Typen?"

„Welchen Typen?"

„Den du erschossen hast."

„Nope."

„Nope?"

„Nope."

„Das Blöde ist: Ich glaube dir das."

„Was ist daran blöd?"

Sie tranken erneut aus der Whiskeyflasche.

„Ich freu mich, dass du nicht desertiert bist, nachdem sie uns freigeben haben", sagte Lozen.

„Hm."

Lozen lehnte sich an ihre Freundin.

„Warst du bei der Team-Psychologin, zu der uns Guerra geschickt hat?", fragte Kelly Esposito.

„Yeah."

„Was hast du ihr erzählt?"

„Das alles gut ist."

Auf der Leinwand sprang das Ehepaar in den wunderschön blauen Ozean vor Bali.

32.

Jetzt.

Lozen und Kelly Esposito traten aus dem Pop-up-Museum und genossen für einen Augenblick die sauerstoffgefüllte Luft. Wind trieb Schneeflocken über die Straße. Von der Horde war nichts zu sehen.

„Wohin?", fragte Kelly Esposito.

„Zur 16th Street, die hoch und dann, nach einigen Meilen, irgendwann rechts."

„Hoffentlich finden wir auf dem Weg ein Fortbewegungsmittel."

„Yeah."

Sie marschierten los. Außer auf eine Frau, die ihren Schäferhund Gassi führte, trafen sie auf keinen Menschen. Nach einer guten Stunde erreichten sie ohne Zwischenfälle die 16th Street. Zu ihrer Überraschung war sie geräumt. Sie schauten stadtauswärts und sahen in einiger Entfernung ein oranges Schneeräumfahrzeug.

„Unsere Fahrgelegenheit", sagte Lozen.

„Let`s go", sagte Kelly Esposito.

Sie liefen dem langsam fahrenden Schneeräumfahrzeug hinterher. Auf einmal schrie Kelly Esposito und fiel hin. Lozen kniete sich neben sie. Die Diebin hielt mit schmerzverzerrtem Gesicht ihr linkes Fußgelenk. Lozen schaute auf die Straße.

„Ein Schlagloch. Vom Schnee verdeckt."

„Pech."

„Yeah."

Die Diebin tastet ihr Fußgelenk ab. Als sie damit fertig war, versuchte sie den Fuß zu bewegen, was gelang.

„Nichts gerissen, nicht gebrochen", sagte sie.

„Gut."

Lozen stand auf und sah zum Räumfahrzeug.

„Bin gleich wieder da."

Sie gab Warchoi ein Zeichen, damit er bei der Diebin blieb, und lief dem Fahrzeug hinterher. Als sie es erreichte, rannte sie zur Beifahrerseite, sprang an die Tür, riss sie auf und zielte mit der Waffe auf den Fahrer, einem fetten Latino mit grauem Haar.

„Halt an, lass den Schlüssel stecken und verpiss dich."

Der Fahrer sah sie irritiert an.

„Ja, Hombre, ich klaue dein Räumfahrzeug. Und jetzt raus. Hasta la vista."

Der Fahrer stoppte, öffnete die Wagentür und sprang raus. Lozen stieg ein, setzte sich hinters Steuer, schloss die Tür, startete und fuhr zurück zu Kelly Esposito. Der Latino sah ihr fragend hinterher.

Die Diebin erhob sich, als Lozen hielt und ausstieg. Sie half Kelly Esposito, zur Beifahrerseite zu kommen und einzusteigen. Warchoi ließ sie über die Fahrertür ins Innere, wo er es sich auf der Rückbank bequem machte.

„Die Heizung funktioniert", sagte Kelly Esposito, als Lozen umdrehte und stadtauswärts fuhr.

Sie fuhren am Latino vorbei, der ihnen den Mittelfinger zeigte. Kelly Esposito schaute sich um und entdeckte unter dem Sitz einen orangenen Erste-Hilfe-Kasten. Die Diebin öffnete ihn und fand einen Verband. Sie nahm ihn, zog den linken Schuh und den linken Socken aus und stabilisierte das Gelenk.

„Gehts?", fragte Lozen.

„Solange wir nicht laufen müssen."

Sie erreichten den Teil der 16th Street, der nicht geräumt war. Das Fahrzeug wurde langsamer, als die Schaufel sich in den Schnee bohrte.

„Sind wir die Spinner losgeworden? Was denkst du?", fragte Kelly Esposito.

„Wahrscheinlich. Aber wir sollten Guerra nicht unterschätzen. Wenn er rausfinden sollte, dass wir den Pflug gekapert haben, sind wir leicht zu verfolgen."

„Einfach der schneefreien Spur nach."

Sie passierten die National Baptiste Memorial Church. Lozen kramte ein Aufladekabel aus ihrer Jackentasche, steckte es ein und begann, ihr Smartphone aufzuladen. Kelly Esposito sah sie fragend an.

„Sie können nicht sämtliche Sendemasten zerstört haben. Je weiter wir stadtauswärts fahren, desto wahrscheinlicher ist es, dass wir Empfang bekommen."

„Du klingst wie früher."

Lozen zuckte mit den Schultern.

„Wann hast du das letzte Mal von Guerra gehört?", fragte Kelly Esposito.

„Ein paar Jahre vor meinem Tod."

„Menschen treffen und trennen sich."

„That`s life.“

„Yeah.“

Sie sahen sich an.

„Wie war das letzte Treffen?“

„Es war eigentlich keine Treffen. Ich war schon als Freelancerin unterwegs, da hat mir seine Frau Robin geschrieben, dass Guerra vor ihrem Haus aufgetaucht wäre, nachdem sie Jahre nichts von ihm gehört hatte. Er hätte drei Stunden in ihrer Auffahrt gestanden, ohne irgendetwas zu tun.“

„Spooky.“

„Yeah.“

„Was ich mich frage: Wie ist er zur Horde gekommen? Er hat uns gemocht und gefördert.“

„Gutes Rätsel.“

„Ich weiß.“

Sie grinste Lozen an.

„Vielleicht Frust, vielleicht geht es ihm um Werte, nicht Hautfarben“, sagte Lozen.

„Werte?“

„Cowboy-Land, Manifest Destiny, Unabhängigkeits-erklärung, zweiter Verfassungszusatz usw.“

„Ich denke, er ist einfach durch. Zu viel gekämpft, zu viel einen drüber bekommen. Das passiert."

Lozen sah zu Kelly Esposito.

„Ist das eine Art Anspielung?"

Kelly Esposito zuckte mit den Schultern. Lozen wechselte das Thema.

„Hast du eine Ahnung, wie er dich finden konnte?", fragte sie.

„Denke ich seit dem Hotel drüber nach."

„Was dabei rausgekommen?"

„Nope."

„Okay, beginnen wir von vorne."

„Huh, die große Detektivin legt los."

„Für Witze bin ich zuständig."

„Seit wann?"

„Wie bist du zu Carl Denvers Haus gekommen?"

„Nicht direkt nach Rapid City geflogen, sondern nach Minneapolis, gebrauchtes Auto gekauft, nach South Dakota gefahren, in einem Kaff namens Homer City in ein Hotel gegangen, wo ich unter falschem Namen eingecheckt habe. Bin dann mit einem Mietfahrrad zum Haus."

„Beim Einbruch hast du deine Maske getragen?"

„Yeah. Natürlich."

„Nach dem Einbruch bist du zurück nach Homer?"

„Yeah."

„Hm."

„Genau: Hm. Ich habe keinen Fehler gemacht."

Lozen schaute aus dem Seitenfenster auf die dicken Flocken, die durch die Luft flogen.

„Doppelte Absicherung", sagte Lozen schließlich.

„Doppelte Absicherung?"

„Klassische Guerra-Taktik."

„Muss er nach meiner Zeit entwickelt haben."

„Hat er."

„Doppelt?"

„Wenn er ein Gebäude absichern musste, hat er eine zweite unsichtbare Reihe an elektronischen oder tatsächlichen Wächtern aufgestellt."

„Das heißt?"

„Als du raus aus Denvers Anwesen und weggefahren bist und dich in Sicherheit geglaubt hat, hat dich eine Überwachungskamera oder ein Wachposten gesehen. Da sie gebraucht haben, um dich zu finden, wahrscheinlich eine Kamera. Sie konnten dich zurück nach

Homer, über dein Auto zurück nach Minneapolis, von dort nach Los Angeles und dann nach DC verfolgen."

„Deine Theorie beruht auf der Annahme, dass Guerra schon da für Denvers gearbeitet hat."

„Ist naheliegend. Ex-Soldaten arbeiten oft als Bodyguard. Und die Aktionen in dieser Nacht, die er offenbar teilweise angeführt hat, müssen langfristig vorbereitet worden sein."

„Es kann aber keinen Zusammenhang zwischen mir und dieser Nacht geben."

„Auf keinen Fall. Das ist purer Zufall."

„Ist Zufall auch eine Superkraft?"

„Nein. In unserem Arbeitsgebiet ist er ein Fluch."

Etwas wurde gegen die Windschutzscheibe geworfen. Lozen bremste. Zwei Mitglieder der Horde rannten an ihnen vorbei, die Straße hoch, zu einer Massenschlägerei zwischen maskierten und unmaskierten Jugendlichen. Sie befanden sich in der Nachbarschaft von 16th Street Heights. Das Viertel war eines der vielfältigsten von Washington, eine Eigenschaft, die für viele Bewohner einen Teil seiner Attraktivität ausmachte und gleichzeitig klar machte, warum die Horde hier Ärger machte. Es gab Mini-Villen, eine Handvoll Botschaften mit Blick auf den Rock Creek Park an der nordwestlichen Ecke des Viertels. Georgia Avenue, die östliche Grenze des Viertels, war eine belebte Straße mit äthiopischen und lateinamerikanischen Restaurants. In den ruhigeren, von Bäumen beschatteten Seitenstraßen fand man Reihen-, Fachwerk- und viktorianische Häuser, manche aus den frühen 1900er Jahren. Kelly Esposito sah sie fragend an.

„Wir fahren durch sie durch."

„Wir könnten jemand verletzen."

„Die Alternative ist, auszusteigen und zu Fuß weiterzugehen."

Ein Mitglied der Horde versuchte, die Tür auf der Fahrerseite aufzureißen, scheiterte und begann, mit einem Baseballschläger auf die Fensterscheibe zu schlagen, die splitterte, aber hielt. Lozen gab Gas und fuhr mit dem Schneepflug durch die Menschen, die, wie sie gedacht hatte, aus dem Weg sprangen.

„Nichts passiert", sagte Lozen, als sie durch waren.

„Glück gehabt."

Mitglieder der Horde rannten eine Weile hinter ihnen her. Lozen sah, wie einer ein Telefon aus der Jackentasche zog. Lozen schaute auf ihr Smartphone. Nach wie vor keine Verbindung. Vielleicht benutzte der Typ ein Satellitentelefon. Hoffentlich keiner von Guerras Kerlen, dachte sie und zündete mit leicht zitternder Hand einen Joint an und nahm ein paar Züge.

„Was ist das mit den Händen?"

„Nichts."

„Verarsch mich nicht."

„Tue ich nicht."

„Sag es."

„Nicht wichtig."

„Sag es."

„Manchmal passiert es, ich rauch ein bisschen, alles ist gut."

„Sicher."

Lozen nahm einen weiteren Zug und reichte den Joint Kelly Esposito.

„Ich habe normalerweise einen Vaporizer", sagte die.

„Ich bleibe beim handgemachten. Lass die Dinger immer irgendwo liegen."

Kelly Esposito nahm einen Zug.

„Vielleicht sollest du aufhören", sagte sie zu Lozen.

„Mit dem Kiffen?"

„Mit dieser Art von Leben. Wenn du nicht fit bist, ist es nur eine Frage der Zeit, bis du draufgehst."

„Menschen wie wir leben nie lange."

„Menschen wie du."

„Du riskierst dein Leben als Diebin."

„Da riskiere ich höchstens einen Knastaufenthalt. Ich muss niemand töten", sagte die Diebin und fügte nach einer Pause hinzu: „Und ich will niemand töten. Und ich kann niemand mehr töten."

„Du kannst niemand mehr töten?"

Kelly Esposito antwortet nicht und gab den Joint zurück an Lozen, die nicht nachfragte, weil sie das Gefühl hatte, dass sie keine Antwort bekommen würde.

„Willst du nicht mal was anderes machen?", fragte Kelly Esposito.

„Was denn?", sagte Lozen nach einem kurzen Zögern.

„Weißt du noch, wie viele Menschen du umgebracht hast, weißt du, wie häufig du verletzt wurdest?"

„Du klingst wie mein Psychiater."

„Du hast einen Psychiater?"

„Hatte."

„Was hat er gesagt?"

„Nichts Wichtiges."

33.

Vor einigen Jahren

Im ersten Raum standen drei Typen mit Maschinengewehren, im zweiten ein unbewaffneter US-Soldat,
der „nicht schießen" rief, im dritten Raum zwei Kerle
mit Maschinengewehren und zwei US-Soldaten ohne
Waffen. Ein Training für die Green Faces. Ziel war es,
die Räume zu sichern, die Feinde auszuschalten und
die Soldaten nicht zu verletzen. Ein Kampfszenario,
dass eine Geiselbefreiung simulieren sollte. Die
Freundinnen hatten sich mehrfach durch verschiedene
Trainingseinheiten in dem Shooting-Haus geschlagen,
wo auf Laufstegen oberhalb der Räume Uniformierte,
sogenannte Beobachter, standen und die Ereignisse
notierten. Kelly Esposito zeigte Lozen auf einem Tab-
let einen Trainingslauf von Paul Guerra, der jeden
erschoss, dem er begegnete, auch die Soldaten.
„Woher hast du das?", fragte Lozen.
„Aus dem Server gezogen. War nicht schwierig."

Sie lagen nebeneinander unter einer Decke im Frauenschlafsaal, den sie nach wie vor zu zweit bewohnten. Meistens schliefen sie gemeinsam in einem Bett.

„Seit Venezuela ist er strange", sagte Kelly Esposito.

Vor zwei Monaten war Paul Guerra mit einem Vierer-Team nach Caracas geflogen, um einen hochrangigen Militärangehörigen auszuschalten. Der Einsatz war schiefgegangen, und Paul Guerra war mit einer Kugel in der rechten Schulter und einem Durchschuss im rechten Oberschenkel zurückgekommen.

„Vielleicht hat er die Übung nicht ernst genommen", sagte Lozen.

„Er trägt seit Caracas bei den Trainingseinheiten diese verdammte Axt und das Messer im Gürtel."

„Ich weiß."

„Du solltest aufhören, mit ihm zu trainieren."

„Kämpfen mit Axt und Messer ist interessant."

„Interessant ist, was über seine Trainingsergebnisse in den Akten steht."

Lozen sah sie fragend an.

„Was steht drin?"

„Nichts."

„Aber die Berichte der Beobachter?"

„Keine Erwähnung, dass er einfach jeden im Raum umgenietet hat."

„Hm."

„Sie decken ihn. Freunde von ihm, Corpsgeist, was auch immer für ein Fuck."

„Er ist der Vater der Green Faces, da werden viele zögern, ihn zu melden. Die Army zahlt viel Geld für diese Nummer."

„Unwichtig. Er ist durch."

34.

Jetzt

Das Räumfahrzeug arbeitete sich langsam durch den Schnee. Die meisten Gebäude, die sie passierten, lagen in Dunkelheit.

„Hast du irgendjemand?", fragte Kelly Esposito, die den bandagierten Fuß aufs Armaturenbrett gelegt hatte.

„Wieso?"

„Interessiert mich."

„Wieso interessiert es dich?"

„Ich kann mir dich nicht in einer Beziehung vorstellen."

Lozen zog eine Grimasse.

„Ich lebe mit zwei Typen in einem Haus."

„Zwei?"

„Einer ist schwul."

„Verstehe. Der Klassiker, eine Frau und ihr schwuler bester Freund. "

„Das ist klassisch?"

„Totales Klischee."

„Manchmal, wie soll ich sagen, entgleitet es."

„Entgleitet?"

„Jup."

„Und dein Freund entgleitet mit?"

„Etwas widerwillig, aber ja."

„Womit macht er sein Geld?"

„Tattoos."

„Hast du welche von ihm?"

„Einen Rakken, der aussieht wie Warchoi. Auf dem linken Oberschenkel."

„Cool."

„Er arbeitet überall auf der Welt."

„Also reist er viel."

„Er ist selten länger als drei Wochen am Stück in DC."

„Wusste ich doch."

„Was wusstet du?"

„Ein schwuler Mitbewohner und Typ, der nie da ist, das ist keine Beziehung."

„Natürlich ist es das."

„Nicht so richtig."

„Und du? Verheiratet und Mutter?"

„Mutter? Spinnst du?"

„Also verheiratet."

Kelly Esposito sah sie ernst an.

„Yeah."

„Und?"

„Tora ist Surflehrerin und bei den WeatherSavern."

„Wo habt ihr geheiratet? Auf der perfekten Welle oder der Zufahrtsstraße zu einem AKW, auf der ihr euch festgeklebt habt?"

„In einer ehemaligen Kirche in der Nähe von Carmel."

„Wie bürgerlich."

„Wie normal. Normal ist uns wichtig, weil wir kein normales Leben führen."

„Ich hör dich, Schwester."

Eine Gruppe Jugendlicher auf Schneeschuhen und Fackeln zog betrunken vor ihnen über die Straße. Einige winkten ihnen zu. Sie winkten zurück.

„Woher die wohl die Schneeschuhe haben?", fragte Lozen.

„Wahrscheinlich haben sie einen Laden für Sportbedarf geplündert."

35.

Vor einigen Jahren

Lozen, Kelly Esposito und ein Typ stiegen aus dem 1970er Mercedes. Es war später Abend. Von irgendwoher kam ein arabischer Hip-Hop-Song. Sie befanden sich in einer Wohngegend. Aus einigen Fenstern kam Licht. Die drei liefen die Straße hinunter. Obwohl es nach Mitternacht war, kamen ihnen Menschen entgegen. Lozen warf eine Pille ein und fühlte sich Minuten später unbesiegbar.

Sie erreichten eine vierspurige Straße mit wenig Verkehr, die sie entlangliefen, kamen zu einer Mauer, der sie folgten, bis sie zu einem geöffneten Tor gelangten. Sie betraten das Gelände, die Waffen im Anschlag. Sie gingen auf ein brennendes Gebäude zu, vorbei an zahlreichen Schaulustigen, darunter Kinder. In dem Gebäude hatte sich das US-amerikanischen Konsulat befunden. Paul Guerra stand mit drei anderen Kerlen vor dem Haus, das in Flammen aufging. Er schwitzte.

Seine beige Cargo-Hose war voller Blut. Vor ihm lag ein grauhaariger Typ, offensichtlich tot. Lozen erkannte Benjamin Paradise, den US-Botschafter. Wegen ihm waren sie vor Ort. Es hatte Morddrohungen gegeben, und die Green Faces sollten seine Sicherheit gewährleisten.

„Es waren zu viele", sagte Paul Guerra. „Haben das Gebäude in Brand gesetzt und uns unter Beschuss genommen."

„Wir waren von vornherein zu wenig."

Das Konsulat war eine Anlage mit hohen Mauern, einem Teich und drei Gebäuden, das schlecht zu verteidigen war.

Lozen schaute aufs brennende Konsulat. Die Flammen sprangen wild aus den Fenstern. Es sah für sie wie ein Tanz auf.

„Reiß dich vom Feuer los", sagte Kelly Esposito leise zu ihr.

„Hm."

„Schau mal lieber hinter Guerra."

Da lag ein Toter, dem Zeige- und Mittelfinger fehlten. Kenny Aguilar hatte mal erzählt, dass Franzosen englischen Bogenschützen im Hundertjährigen Krieg diese Finger abgeschnitten hatten, damit sie nicht mehr auf sie schießen konnten.

„Rückzug nach Metropolis", sagte Paul Guerra.

Metropolis war der Codename eines zwei Kilometer entfernt gelegenen Gebäudekomplexes, in dem die CIA arbeitete.

„Wir nehmen den Botschafter mit", sagte Paul Guerra.

„Wozu? Er ist tot", sagte Lozen.

„Ich hab' keinen Bock, dass die Ärsche ihn an irgendeine Wand nageln, das filmen und es im Internet veröffentlichen."

„Hm."

„Wo habt ihr geparkt?"

„Nicht weit die Straße runter. Euer Wagen?"

Er zeigte auf einen Jeep voller Einschusslöcher.

„Let`s go."

Lozen, Kelly Esposito, Paul Guerra und die vier Typen, von den zwei den toten Botschafter schleppten, bewegten sich auf den Ausgang des Geländes zu. Als sie ihn erreichten, standen auf der anderen Straßenseite bewaffnete Kerle, die verschwanden, als sie die Gruppe bemerkten.

„Weiter", sagte Paul Guerra.

Als sie zum Mercedes kamen, stand er in Flammen.

„Wir müssen ein Transportmittel finden."

Die Gruppe setzte sich wieder in Bewegung. Enge Gassen, es war dunkel und unübersichtlich.

„Glaubst du wirklich, dass der Film verantwortlich ist?", fragte Kelly Esposito Lozen.

„Yeah."

„Du bist so ein Filmnerd."

„Ich glaube an Popkultur."

Vor zwei Tagen hatte eine Dokumentation in Los Angeles Premiere gefeiert und war zeitgleich im Netz veröffentlicht worden, in dem es um den Propheten Mohammed ging und ihn als Sklaven, Straßenjungen, Kinderschänder und blutdürstigen Anführer zeigte. Obwohl es eine unbedeutende Independent-Produktion gewesen waren, hatte es muslimische Proteste weltweit gegeben. Benjamin Paradise hatte gepostet, dass es das Recht auf freie Meinungsäußerung gebe, und zur Besonnenheit aufgerufen.

Kelly Esposito zeigte auf einmal nach vorne. Ein Kleinlaster fuhr auf sie zu. Der Fahrer bremste nicht, im Gegenteil, er gab Gas. Lozen schoss durch die Windschutzscheibe. Der Kleinlaster wurde langsamer und rollte gegen einen parkenden Wagen. Lozen und Kelly Esposito zogen den toten Fahrer und den toten Beifahrer aus dem Wagen. Sie waren nicht bewaffnet. Lozen setzte sich hinters Steuer. Paul Guerra und ein Typ wuchteten die Leiche des Botschafters auf die Ladefläche. Dabei fiel etwas aus Paul Guerras Hosentasche. Es waren zwei blutige Finger.

36.

Jetzt

Das Schneetreiben wurde nicht weniger. Die Freundinnen fuhren an zwei Kirchen vorbei, vor denen Fackeln brannten, vermutlich, damit die Gläubigen den Weg fanden. Eine von ihnen wurde von äthiopischen Christen betrieben, wusste Lozen. Sie fand es mutig, dass sie in einer solchen Nacht auf sich aufmerksam machten, und sagte es ihrer Freundin.

„Hoffentlich lassen sie Guerras Verrückte in Ruhe", sagte Kelly Esposito.

„Wir sind weit weg vom City Centre. Ihre Chancen stehen nicht schlecht."

„Hast du Guerras Tattoos gesehen? Er glaubt voll an Odin und Thor."

„Er mag Wikinger. Deshalb Axt und Messer."

„Du trägst auch Axt und Messer."

„In einer Nacht wie heute ist jede Waffe wertvoll."

„Du redest wie ein billige Actionheldin."

Sie passierten ein einstöckiges Haus, vor dem ein Feuer brannte, um das eine Gruppe Menschen tanzte. Musik kam aus einem riesigen batteriebetriebenen Ghettoblaster, der aussah, als wäre er aus den 1980ern, Bierdosen und Schnapsflaschen standen im Schnee, rund um einen Schneemann mit schwarzem Hut und schwarzem Umhang.

„Hast du Kontakt zu einem der Jungs?", fragte Kelly Esposito, die ihren bandagierten Fuß vom Armaturenbrett nahm.

„Es haben nicht viele überlebt."

„Also keinen Kontakt."

„Bis vor ein paar Jahren zu Locke."

„Was macht er so?"

„War nach seiner Dienstzeit Gelegenheitsdealer und Bare Knuckle Fighter, und das gar nicht mal unerfolgreich. Als er keinen Bock mehr hatte, wurde er Pornostar."

„Pornostar? Kein Scheiß?"

Lozen schüttelte den Kopf.

„Er nennt sich Blue Moon. Lebt in deiner Gegend, irgendwo bei Los Angeles. Findest ihn auf PornIs-Living."

„Das ist diese Seite, die gerade durchstartet, oder?"

„Yeah."

„Blue Moon, was für ein Name."

„Es gibt schlimmere Künstlernamen in der Szene."

„Und wie kommt Locke mit dem Leben als Pornostar zurecht?"

„Er schluckt Viagra packungsweise."

„Lecker."

Sie passierten die Iglesia Adventista 7mo Dia Hispana de la Capital, einem rotem, flachen Backsteingebäude, zu dem graue, flache Treppen führten.

„Kannst du die Bibel?"

„Was in Filmen zu sehen ist."

Kelly Esposito zog den Socken über den Verband und den Schuh an.

37.

Vor einigen Jahren.

Die Bar war absolut schrecklich, fand Lozen. Eine lange Theke aus massivem Holz, dahinter Flaschen, Gläser und Kühlschränke mit Glastür. Eine großbrüstige Frau mit tiefem Dekolleté und ein bulliger Typ mit Baseballcappy zapften Bier für die überwiegend männlichen Trinker. Die Barhocker waren speziell. Der Gäste saßen auf einem Sattel. An den Wänden hingen Kraftfahrzeugzeichen aus den verschiedensten Bundesstaaten. Die Musik war auch nicht Lozens Fall. Ein alter Countrysong über einen illegalen Alkoholtransport lief, der zum Soundtrack eines Films gehört, der eben diesen Transport thematisierte und den sie auch nicht mochte.

„Ich glaube, du wirst nicht mehr abhauen", sagte Paul Guerra zu Kelly Esposito.
Sie saßen an der Theke. Er hatte die Freundinnen überraschend auf einen Drink eingeladen. Lozen und

Kelly Esposito waren sich nicht sicher, warum, wollten eigentlich nicht, aber waren trotzdem mitgekommen.

„Wie kommst du darauf?"

Lozen fand Paul Guerra erstaunlicherweise nicht unsympathisch. Er war konservativ, verehrte Wikinger, hatte eine Südstaatenflagge auf dem Oberarm tätowiert, niemand hätte weiter von ihrer Lebensrealität weg sein können als er. Aber trotzdem. Wie sie kämpfte er gerne. Das war jede Sekunde zu spüren. Und obwohl er der klassische Macho war, behandelte er Kelly Esposito und sie mit Respekt.

„Warum versuchst du eigentlich nicht, mit uns ins Bett zu gehen, alter Mann?", fragte sie.

„Würdet ihr?"

„Sicher nicht", sagte Kelly Esposito.

„Siehst du."

Paul Guerra war betrunken. Sie prosteten sich zu.

„Außerdem bin ich verheiratet."

„Das hat noch keinen Kerl von irgendwas abgehalten", sagte Lozen.

Ein weiterer Country-Song startete. Von Anfang an hast du mich heißer gemacht als die Wüste in meinem

Herzen, erklärte die Sängerin. Paul Guerra bestellte Bier und Whiskey bei der Frau im Dekolleté.

„Wo hast du gelernt, zu kämpfen?", fragte er Lozen.

„Naturtalent?"

„Gibt es nicht."

Sie erzählte von ihrem Onkel.

„Er wird stolz auf dich sein", sagte er, nachdem sie fertig war. „Wo ist dein Onkel jetzt?"

„Gestorben. Leberzirrhose."

„Alkohol ist der letzte Dreck."

„Cheers."

„Prost."

„Skål."

.

38.

Jetzt

Das Licht der Cocono-Tankstelle war von Weitem zu sehen. Musste neu sein, dachte Lozen, früher hatte es so weit nördlich keine auf der 16th Street gegeben. Sie schaute auf die Anzeige. Halbleer. Besser tanken, als Gefahr zu laufen, später kein Benzin zu haben. Sie bog von der Straße und hielt vor einer der vier Zapfsäulen. Aus dem erleuchteten kleinen weißen Gebäude mit Spitzdach trat eine dickliche Afroamerikanerin, die in ihren Jeans, dem roten Baumfällerhemd und braunen Handschuhe wie ein Cowgirl aussah. In der rechten Hand hielt sie einen kurzläufigen 38er Trommelrevolver. Old School, dachte Lozen und stieg aus.

„Wir wollen tanken", sagte sie.

„Ihr arbeitet für die Stadt?", fragte die Frau und zeigte mit der Linken aufs Räumfahrzeug.

„Yeah."

Die Frau musterte sie skeptisch.

„Gut. Tankt."

„Sie werden mich nicht erschießen?"

„Es ist eine verrückte Nacht."

„Yeah."

Lozen griff den Zapfhahn.

„Die Tankstelle gibt es noch nicht lange, oder?", fragte sie.

„Vor drei Monaten eröffnet."

Kelly Esposito stieg aus und humpelte in den Verkaufsraum. Die Frau mit der 38er folgte ihr. Lozen tankte. Dabei schaute sie sich um. Die benachbarten Häuser lagen im Dunkeln. Eine unheimliche Stille herrschte. Als der Tank voll war, ging sie mit Warchoi in den Verkaufsraum, in dem Lichterketten blinkten und Musik lief. Es war schön, wieder welche zu hören, dachte sie. Es war ein alter 1980er Song aus einem Film, in dem eine Schweißerin tanzen konnte und das zu ihrem Beruf machen wollte. Glaub an deine Leidenschaft, erklärte die Sängerin. Die 1980er müssen ein sehr naives Jahrzehnt gewesen sein, dachte Lozen. Kelly Esposito stand an der Kasse mit Energy-Drink-Dosen, Wasserflaschen und Chips.

„Lois hier findet, wir sehen nicht aus, als gehörten wir zum DC District Snow Team", sagte sie zu Lozen.

„Wie sieht man denn da aus?"

„Leicht übergewichtig und männlich", sagte Lois.

„Tja, man kann es nicht allen recht machen."

Lois scannte die Getränke und Chips.

„Wieso haben Sie Strom?", fragte Lozen.

„Notstromgenerator."

„Für eine Tankstelle?"

„Frau muss bereit sein", sagte Lois und zeigte auf die 38er, die auf der Theke lag. Kelly Esposito packte ein Paket Kaugummi zu den Einkäufen.

„Fuck", sagte Lois und sah nach draußen.

Auf der anderen Straßenseite stand ein junger Typ. Er hielt die Maske der Horde in der rechten, einen Baseballschläger in der linken Hand.

„Wer ist das?", fragte Kelly Esposito.

„Das ist Buz."

„Jemand aus der Nachbarschaft?", fragte Lozen.

„Yeah. Ein Idiot. Ein Teenager. War vor Stunden schon mal da. Hat mich beschimpft und ist dann abgehauen."

Warchoi knurrte. Wie der Junge da so stand, das erinnerte Lozen an einen Green-Faces-Einsatz in Westafrika, im Golf von Guinea, vor der Küste Nigerias. Piraten hatten ein US-Containerschiff gekapert. Sie waren hingeflogen, hatten die Piraten eliminiert, die Mannschaft befreit und waren auf der Rückfahrt zum Hafen von Apapa an Bord geblieben. Auf einmal hatte ein junger Typ am Bug gestanden, der offensichtlich zu den Piraten gehörte. Hatte in jeder Hand eine Machete gehalten. Er war nicht älter als fünfzehn gewesen, die Haare kurz rasiert, trug nur glänzende Thai-Box-Shorts, schwitzte, versucht, grimmig dreinzuschauen. „Jemand soll ihn umlegen", hatte Paul Guerra gesagt. Aber aus irgendwelchen Gründen konnte sich niemand durchringen, ihm eine Kugel in den Kopf zu schießen. Stundenlang stand der Junge in der Sonne am Bug, ohne sich bewegen. Als sie anlegten, sprang er von Bord und schwamm an Land.

„Ich muss an den Einsatz in Afrika denken", sagte Kelly Esposito zu Lozens Überraschung.

„Ich auch."

Die Suche nach den Piraten im Inneren des Schiffes war schlimm gewesen. Aus irgendwelchen Gründen funktionierte nur die Notbeleuchtung und die nicht immer. Die Lichter gingen an und aus. Angreifer tauchten in den engen und unübersichtlichen Gängen überraschend auf. Ein Pirat hatte Kelly Esposito mit einem Buschmesser geschlagen. Sie hatte überlebt, weil er ihre Kevlarweste getroffen hatte.

„Habt ihr Angst, Mädels?", fragte Lois.

„Absolut", sagte Lozen.

„Wir machen uns gleich in die Hose."

„Bitte zahlt vorher."

„Wie viel?", fragte Lozen.

„44, 45. Cash."

Lozen sah zu Kelly Esposito.

„Ich hab' auch kein Bargeld", sagte sie. „Wer hat das noch."

„Wir haben ein Problem", sagte Lozen.

„Scheint so", sagte Lois.

„Ich bringe morgen das Geld vorbei."

„Das soll ich glauben?"

„Wäre nett. Und weihnachtlich."

„Oh, jetzt kommt Santa ins Spiel."

„Immer gut ihn auf seiner Seite zu haben."

„Ihr arbeitet definitiv nicht fürs Snow Team."

„Spielt es eine Rolle?"

„Ich kann mich nur wiederholen: Eine verrückte Nacht."

„Yeah."

Lois schüttelte den Kopf und lächelte.

„Haut ab."

„Santa dankt."

„Santa sollte morgen das Geld vorbeibringen."

„Lieferungen sind seine Spezialität."

Als Lozen, Kelly Esposito und Warchoi aus dem Gebäude traten, stülpte Buz die Maske über und ging auf sie zu. Lozen zog die Axt. Aber Warchoi war schneller. Er stürmte auf Buz zu. Der Junge blieb stehen, starrte auf das heranrasende riesige Tier, drehte sich dann um und trat die Flucht an. Der Rakken folgte ihm in die Dunkelheit.

„Was wolltest du mit der Axt?", fragte Kelly Esposito.

„Ihn zu erschießen, wäre zu laut gewesen und hätte andere Spinner angelockt."

„Du hast dich wirklich unter Kontrolle?"

„Immer."

Warchoi kam zurück. Seine Schnauze war blutig.

39.

Vor einigen Jahren

„Ich werde mich um die Angelegenheit kümmern",
sagte der junge Typ im billigen blauen Anzug und mit
struppigen blonden Haaren. Er hieß Jann Metcalf und
arbeite beim CID, der Strafverfolgungsbehörde der
US-Army. Deren Hauptaufgabe war die Untersuchung
von Straftaten und Verstößen gegen das Militärrecht
und den United States Code. Die Abteilung war eine
eigenständige militärische Ermittlungseinheit. Lozen,
Kelly Esposito und zwei andere Green Faces saßen in
seinem stickigen Büro, in dem die Klimaanlage ausgefallen war und der aufgestellte Ventilator kaum Küh-
lung brachte.

„Ich frage Sie noch mal: Wollen Sie es wirklich
durchziehen?"

„Das haben Sie uns schon dreimal gefragt", sagte
Kelly Esposito.

„Ich will nur sichergehen."

Es ging um einen Einsatz in Mexiko. Die Entführung eines Drogenbarons. Geplant als eine schnelle Aktion, rein in die Villa des Gangsters, betäuben, mitnehmen, zurück in die USA. Nachdem Kelly Esposito das Alarmsystem ausgeschaltete hatte und sie sich an den Wachen vorbei ins Haus geschlichen hatten, hatte Paul Guerra sein Sturmgewehr durchgeladen, war zu den Schlafräumen im ersten Stock gegangen und hatte alle außer der Zielperson erschossen: Dessen Frau, die Tochter, die Großmutter, den Bruder der Frau, einen Kumpel des Drogenbarons, Wachen, die herbeieilten. Dass es ihnen gelungen war, die Zielperson trotzdem in die USA zu bringen, war pures Glück gewesen. Auf der Rückfahrt hatte Paul Guerra geschwärmt, was für ein perfekter Einsatz es gewesen wäre. Kelly Esposito hatte es gereicht und das Team überzeugt, dass sie etwas tun mussten. Deshalb war es zum Treffen mit Jann Metcalf gekommen, denn offiziell gehörten die Green Faces zur Army.

„Meinst du, er unternimmt was?", fragte einer der Typen Kelly Esposito, als sie über den Parkplatz gingen.

„Er muss. Es ist sein Job."

40.

Jetzt

Lozen reinigte mit Schnee Warchois Schnauze vom Blut.

„Seit wann regen dich solche Spinner so auf", fragte sie das Tier, das friedlich mit dem Schwanz wedelte.

Als Lozen fertig war, kletterten sie und der Rakken in das Räumfahrzeug, in dem Kelly Esposito schon saß, und sie fuhren von der Tankstelle weiter stadtauswärts. Lozen summte den Song aus der Tankstelle.

„Wann bist du von den Green Faces weg?", fragte Kelly Esposito.

„Nach den fünf Jahren. Weil Goran übernommen hat."

„Oh, wusste ich nicht."

„Woher auch."

„Was hast du dann gemacht?"

„Wie gesagt: CID."

„Wie dieser Loser Metcalf."

„Er war ein Idiot."

Sie fuhren an verschneiten Trucks vorbei, die wie schlafende Drachen aussahen.

„Und CID war okay?"

„Die Fälle waren gut. Mord, Sex, Drogen, Computerzeug, Kriegsverbrechen, Anti-Terrorermittlungen."

„Du hättest gehen können."

„Hätte ich."

„Aber du wollest nicht."

„Ich wusste nicht, wohin."

„Du hättest beispielsweise Hanfprodukte verkaufen können. Da kennst du dich aus."

„Ich bin anders als du. Nur Konsument, nicht Verkäufer."

„War`s eine gute Zeit?"

Lozen dachte einen Moment nach.

„Yeah."

„Warum?"

„Es war Suchen und Finden und Nachdenken. Ich habe viel gelernt."

„Hört sich nicht nach dir an."

41.

Vor einigen Jahren

Kelly Esposito legte die Alarmanlage lahm und knackte das Türschloss. Sie betraten das Haus. Die Einrichtung sah aus, als stamme sie aus einem Katalog für Innenarchitektur. Sie gingen die weiße Treppe ohne Geländer in den ersten Stock. Hinter der dritten Tür sollte die Zielperson liegen, ein Chemiker, der für einen namhaften deutschen Konzern bei Köln arbeitete und Marzan Rose hieß, 46 Jahre alt war, verwitweter Franzose mit iranischen Wurzeln, zwei Kinder, die hinter den ersten zwei Türen schliefen. Sie wussten nicht, warum der Typ sterben musste. Paul Guerra hatte es ihnen nicht gesagt. Er war nach wie vor Leiter der Green Faces. Eine Anklage hatte es nicht gegeben. Vierzehn Tage nach dem Besuch bei Jann Metcalf hatte ein grauhaariger General sie zu sich bestellt und erklärt, dass Paul Guerra ein hochdekorierter Soldat und Patriot wäre und ein Ausrutscher – das war das Wort, welches er benutzte – nicht sein Leben ruinieren dürfe. Kelly Esposito hatte gefragt, wie der General zulassen konnte, dass ein psychopathischer Soldat auf Einsätze geschickt werden könne und Neuankömmlinge ausbilde. Der General hatte sie ausdruckslos angeschaut und erklärt, man werde Sergeant Major Paul Guerra nahelegen, in den Ruhestand zu gehen. Was er nicht gesagt hatte, war, wann. Die Freundinnen waren anschließend zu Jann Metcalf nach Hause gefahren, wo Lozen seinen Wagen in Brand gesetzt hatte.

Kelly Esposito öffnete die Tür. Sie sahen aufs Bett, in dem der Chemiker lag. Ein klassisches Szenario aus der Gotham-Phase. Lozen hob die Pistole mit Schalldämpfer und schoss zweimal. Kelly Esposito schüttelte den Kopf.

„Was?", fragte Lozen.

„Nichts."

Als sie aus dem Haus traten, stand ein Streifenwagen vor dem Haus und ein Polizist forderte sie auf, die Hände zu heben und sich hinzuknien. Sein Kollege saß hinterm Steuer. Offenbar gab es einen stillen

Alarm, den sie übersehen hatten. Kelly Esposito fluchte leise. Weitere Streifenwagen fuhren aufs Haus zu.

Lozen schoss dem Ordnungshüter in den Arm. Sie rannten in den nahegelegenen Park. Schüsse fielen. Kelly Esposito ging in die Knie. Lozen lief zu ihr und zog sie auf die Beine.

„Schlimm?"

„Die linke Seite. Geht schon."

Sie sahen Polizisten, die sich vorsichtig in der Dunkelheit näherten.

„Wir müssen weg", sagte Lozen.

„Das Offensichtliche auszusprechen, ist kein Zeichen von Intelligenz."

Sie erreichten einen Fluss, sprangen hinein und schwammen zu einem Abflussrohr, in das sie hineinkrabbelten und das zu einem Kanal führte. Paul Guerra hatte ihnen eingetrichtert, immer einen Fluchtplan zu haben, für den Fall, dass etwas schief ging.

Der Kanal mündete in einen größeren, in dem sie auf den Seitengängen aufrecht gehen konnten. Der Geruch war nicht schön, aber erträglich. Irgendwann hörten die Seitengänge auf und sie mussten ins Abwasser springen, von dem sie sich treiben ließen, bis es sie in den Rhein spülte, der an dieser Stelle eine starke Strömung besaß, die sie mitriss. Die Freundinnen brauchten eine Weile, um ans steinige Ufer zu gelangen. Keuchend legten sie sich hin und schlossen erschöpft die Augen.

Als sie zu Atem kamen, schauten sie sich um. Ein Frachtschiff fuhr gemächlich den Rhein entlang. Die Sonne ging langsam auf. Es würde ein schöner Tag werden.

„Sehr romantisch", sagte Kelly Esposito.

„Yeah."

Die Latina schaute auf ihre Wunde.

„Lass mich machen", sagte Lozen.

Sie versorgte die Wunde der Freundin. Sie streute hämostatisches Granulat auf die Wunde, um die Blutung zu stillen, und drückte es mit Verbandmull hinein. Ein Erste-Hilfe-Set gehörte bei den Green Faces zur Grundausrüstung.

„Streifschuss. Du wirst überleben."

„Schade. Hatte mich schon auf einen Drink an der Tafel der Gefallenen gefreut."

Lozen legte einen Druckverband an.

„Wir sollten die Wunde schnell desinfizieren. Wegen dem Abwasser, durch das wir geschwommen sind."

„Hm."

Ein weiteres Frachtschiff mit rotbraunen und gelben Containern an Bord tauchte auf. Es führte eine niederländische Flagge. Das brachte Lozen auf eine Idee. Sie zog eine gummierte Landkarte aus der Beintasche der Cargohose und versuchte, sich zu orientieren. Als sie ungefähr wusste, wo sie sich befanden, sah sie Kelly Esposito ins Gesicht und lächelte.

„Was soll das Grinsen? Hab' ich einen Blutegel auf der Stirn?", fragte Kelly Esposito.

„Dies wäre der Moment. Wenn du noch willst."

„Was für ein Moment?"

„Welcher wohl."

Kelly Esposito richtete sich mühsam auf und schaute sich um. Lozen zeigte hinter sich, wo Gestrüpp, Bäume und dahinter Häuser zu sehen waren.

„Zwei Meilen landeinwärts findest du einen Bahnhof. Schaffst du, trotz des Streifschusses."

232

„Bahnhof?“

„Yeah.“

„Ich soll abhauen.“

„Wenn du noch willst.“

„Hm.“

Kelly Esposito schaute zu den Häusern.

„Und du?“, fragte sie Lozen.

„Ich gehe zurück.“

„Guerra wird dich verhören.“

„Wird er.“

„Aber das ist dir egal.“

Lozen zuckte mit den Schultern.

„Eigentlich gefällt es dir bei den Green Faces.“

Lozen sah Kelly Esposito an.

„Manchmal kommt mir das Leben komplizierter vor als das Sterben“, sagte sie.

„Zum Leben braucht man Mut.“

„Ich war schon immer ein Feigling.“

„Du hast das gefunden, was du gut kannst.“

Lozen antwortete nicht. Sie schaute auf FarOut. Der Mord an Marzan Rose und der angeschossene Polizist waren bereits Thema in den Newsfeeds. Gesucht wurden zwei Frauen.

„Wir sind in den News", sagte Lozen und küsste Kelly Esposito auf den Mund.

„Nur weil dies ein Abschied ist, werden wir jetzt nicht weinen", sagte sie.

„Sicher nicht. Heulen ist Männersache."

Teil III
Paul Guerra

42.

Jetzt

Lozen begann zu summen. Tatsächlich vermisste sie Musik.

„Was ist das?", fragte Kelly Esposito.

„Immer noch der Song aus der Tankstelle."

„Hm."

„Wie bist du eigentlich aus Deutschland damals weggekommen?"

„Beginnst du dich für mein Leben zu interessieren?"

„Ich mach Small Talk. Draußen ist es dunkel, das Radio funktioniert nicht und wir haben ein paar Meilen vor uns."

Kelly Esposito sagte nichts.

„Du weißt, dass ich dich nicht suchen konnte, weil die Gefahr bestand, dass ich dich damit ans Messer liefere", sagte Lozen. „Wir wussten beide, dass es ein Abschied für immer war."

„Immer ist ein schlimmes Wort."

Sie fuhren über eine Kreuzung, die teilweise geräumt war. Lozen biss sich auf die Lippe. Sie hatte ein schlechtes Gewissen. Natürlich hätte sie es später, nach den Green Faces, nach dem CID versuchen können. Aber sie hatte es nicht. Die Freundin war Vergangenheit geworden und die Vergangenheit war etwas Totes für sie. Sentimentale Menschen nervten sie. Das Leben war jetzt, nicht gestern oder morgen. Lozen sah zu Kelly Esposito, die aus dem Fenster schaute. Sie fuhren an einem Haus vorbei, in dessen Vorgarten ein Santa Claus im Schlitten plus Rentiere standen und aus dem ein leichter Lichtschimmer drang.

„Bin damals nach Leverkusen gefahren und eine Woche in einem Hostel geblieben", sagte Kelly Esposito auf einmal.

„Was ist Leverkusen?"

„Eine Stadt. Nicht weit weg von Köln. Kein Ort, wo man vermuten würde, dass eine gesuchte Mörderin untertaucht. Von da bin ich nach Barcelona."

„Barcelona?"

„Hatte damals ein cooles Video über die Stadt gesehen. Gemacht von einem Typen aus der spanischen Umweltschutzbewegung."

„Wie bist du hingekommen?"

„Autos geklaut. Hab' sie alle siebzig Meilen gewechselt."

„Die gute alte Guerra-Spionage-Schule."

„In Spanien habe ich den Zug genommen."

„Und dann? Du hattest nur begrenzt Geld, keine Papiere, kein Konto. Du konntest dich nicht in ein Hotel einmieten."

„Schlafsack gekauft und wie früher auf Dächern, am Strand und in Parks geschlafen. Hab' mir einem Job besorgt. Als Türsteherin. Ich hatte Glück. Eine Barkeeperin war nett und suchte jemand für ihre WG."

„Klingt nicht so schlecht."

„Die Barkeeperin war in Ordnung. Sie stand auf mich. Hat nebenbei Kunst gemacht."

„Wie lange bist du geblieben?"

„Zwei Jahre. Barcelona war cool. Hab' Kontakt zum Typen aus dem Video aufgenommen und bei seinen Aktionen mitgemacht. Natürlich nichts Illegales. Ich durfte ja nicht verhaftet werden."

„Klingt paradiesisch."

Kelly Esposito sah sie an.

„Was?", fragte Lozen.

„Paradiesisch?"

„Jup."

„Wars nicht. Das erste Jahr war Scheiße."

„Warum?"

Kelly Esposito rieb sich die Nase.

„Weißt du wie oft der Buschmesser-Pirat mich in meinen Träumen erschlagen hat?"

„Nein."

„Hast du nie Albträume?"

„Ich träume nicht."

Kelly Esposito schüttelte den Kopf.

„Was hast du gegen die Albträume gemacht?"

„Ziemlich viel von allem Möglichen reingehauen."

„Der Mensch kann ohne Drogen nicht leben."

Sie schwiegen für einen Augenblick. Ein Helikopter flog über sie hinweg. Für Lozen sah er nach National-garde aus.

„Wie ging es in Barcelona weiter?", fragte sie.

„Eine Freundin vom Video-Typen war Therapeutin. Er hat mich zu ihr gebracht. Hat schnell erkannt, was mit mir los war."

Lozen sah sie fragend an.

„Posttraumatische Belastungsstörung. Das, warum du ständig kiffen musst."

„Ich kiffe aus Vergnügen."

„Sicher."

„Was hat sie dir geraten?"

„Nichts. Wir haben viel gesprochen. Ich habe akzeptiert, dass ich einen Schaden habe, und gelernt, damit umzugehen."

„Du brichst ein, entführst Administratoren der Umweltbehörde, was ist der Unterschied zu den Green Faces?"

„Ich töte niemanden und riskiere nicht mein Leben."

„Hm."

„Das ist das Ding: Ich bringe niemanden mehr um. Nie mehr."

Sie fuhren schweigend weiter die verschneite 16th Street entlang. Nach einer Weile fragte Lozen: „Warum bist du weg aus Barcelona?"

Kelly Esposito lachte.

„Es klingt blöd."

„Wieso?"

„Ich hatte etwas, was du nicht kennst."

„Was ist das?"

„Heimweh."

„Wie kommst du darauf, dass ich kein Heimweh kenne?"

„Du bist eine Drifterin. Du bist da zu Hause, wo du gerade bist."

„Deep."

Kelly Esposito lachte erneut.

„Wie bist nach Hause gekommen?", fragte Lozen.

„Geld gespart, hab' über den Job an der Tür einen Typen kennengelernt, der einen andern Typen kannte, usw. Irgendwann hatte ich falsche Papiere. Bin dann nach Kanada geflogen und über die grüne Grenze in die USA, um meine Spur zu verwischen."

„Was aber schwierig gewesen sein muss. Muss die Zeit der Anschläge gewesen sein."

„Die Anschläge, genau. Ich wusste damals nicht, dass die kanadischen Grenzbeamten verdoppelt worden waren, es neue Hubschrauber und Abfangjäger mit Infrarotkameras an der Grenze gab und die USA einen unsichtbaren Zaun aus Bewegungsmessern, Kameras und Wachtürmen bauten. Bin fast erwischt worden, aber zum Glück schneller gelaufen als das Gesetz."

43.

Vor einigen Jahren

„Das ist deine Geschichte? Kelly wird angeschossen, ihr schafft es in die Kanalisation, werdet in den Rhein gespült und getrennt?", fragte Paul Guerra.

Er sah nicht gut aus, hatte Ränder unter den Augen, übergroße Pupillen, die verrieten, dass er Drogen intus hatte. Lozen vermutete, Amphetamine. Die Green Faces trainierten hart, verletzten sich häufig, die Ärzte verschrieben sie mit leichter Hand, und dann war da ja noch Locke.

„Yeah. Die Cops haben sie angeschossen. Sie hat es wahrscheinlich nicht geschafft, ans Ufer zu schwimmen."

„Du wirkst nicht traurig."

„Wenn mein Vorgesetzter mich verhört, geht es nicht um Gefühle."

„Wirklich?"

„Stell deine Fragen und nerv mich nicht."

„Na gut", sagte er, machte eine kurze Pause, bevor er fragte: „Warum haben die Deutschen keine Spur gefunden?"

„Woher soll ich das wissen? Vielleicht hat sie die Schraube eines Rheinschiffs zerfetzt. Vielleicht verrottet sie irgendwo am Ufer."

„Sehr mitfühlend."

„So mitfühlend wie deine Fragen."

Er fuhr sich über die Glatze.

„Wenn wir Kelly kriegen, wird sie dich verraten."

„Paul, was soll der Scheiß?"

Er rieb sich die Stirn. Offensichtlich wusste er nicht, dass sie, Kelly Esposito und die anderen wegen ihm beim NCIS gewesen waren.

„Wie wird das für dich ohne sie?"

„Was soll das heißen?"

„Es gibt Kameras im Schlafsaal."

Sie zeigte ihm den Mittelfinger.

44.

Jetzt

Kelly Esposito sah sie zuerst. Im Rückspiegel. Ein Motorrad, dessen Fahrer die Maske der Horde trug, gefolgt von einem PKW. Sie holten schnell auf.

„Mist", sagte Lozen.

Sie waren auf der Maryland Route 390, dem Highway, der die 16th Street in Maryland fortsetzte und an Silver Springs vorbeiführte. Lozen sah ein Schild: Silver Center. Sie bog ab, passierte ein Schnellrestaurant für Burger, eines für Gerichte aus Louisiana, ein Eisgeschäft und ein Gym. Alles geschlossen. Sie stoppte.

„Du willst auf sie warten", sagte Kelly Esposito.

„Besser als weglaufen und an einem ungünstigeren Ort auf sie treffen."

Kelly Esposito nahm ihren Rucksack. Die Freundinnen stiegen aus. Kelly Esposito fluchte.

„Der Fuß?", fragte Lozen.

„Nein, ich hab' eben meine Tage bekommen."

Lozen ging zu ihr. Sie legte den Arm um die Hüfte der Diebin, die den Arm auf ihre Schulter legte. Sie humpelten zur Tür. Lozen schoss das Schloss auf. Es war ein lang gezogener Raum voller Fitness-Geräte und Gewichte. Vor ihnen führte eine Treppe ins erste Stockwerk, in dem hauptsächlich Spinning Bikes, Laufbänder und Stepper standen. Lozen half Kelly Esposito nach oben, wo sie sich auf eine Hantelbank setzten.

„Deine Nebelkugeln, reichen die für den Raum?"

Kelly Esposito warf nachdenklich den Kopf nach links und rechts.

„Vier bis fünf Minuten werden sie im Erdgeschoss halten."

„Wie funktionieren sie?"

„Einfach werfen. Durch den Aufprall werden sie ausgelöst."

„Hm."

„Wie viele Gegner? Was schätzt du?"

„Einer auf dem Motorrad, im Wagen maximal fünf."

Lozen schaute auf ihr aufgeladenes Smartphone. Es zeigte einen Balken an. Sie schickte eine Nachricht an

Aslan Dvoskin, in der sie schrieb, wo sie sich befand und in welcher Situation.

„Kommt die an?"

„Keine Ahnung. Wir sollten nicht mit Hilfe rechnen." Kelly Esposito öffnete ihren Rucksack und reichte Lozen die Brille.

„Das mit deinem Fuß ist echt scheiße", sagte sie.

„Es ist egal. Wir brauchen eine Killerin da unten."

Lozen sah sie fragend an.

„Auch wenn dieses verdammte Schlagloch nicht gewesen wäre, wäre ich dir keine Hilfe."

„Wieso?"

Kelly Esposito fuhr sich durchs Haar.

„Du musst nicht, wenn du nicht willst", sagte Lozen.

„Seit wann bist du so mitfühlend?"

„Muss der Geist der Weihnacht sein."

Kelly Esposito machte eine Grimasse.

„Vor ein paar Jahren ist ein Einbruch schiefgegangen. Ein Typ mit Messer hat mich angegriffen. Kein Gegner. Ich konnte es ihm abnehmen. Als ich es ihm in Bauch rammen wollte, hatte ich auf einmal keine Kontrolle über meinen Arm."

„Keine Kontrolle? Was meinst du?"

„War wie eine defekte Computerkonsole: Ich sagte ihm, zustoßen, aber er folgte meinem Befehl nicht."

„Crazy."

„Der Typ hat mir den Kiefer gebrochen. Irgendwie hab' ich es geschafft, aus dem Haus zu kommen und abzuhauen."

„Hm."

„Heißt: Töten gehört nicht mehr zu meinem Skill-Set."

Sie reichte Lozen die kugelsichere Weste, die sie überzog. Von unten hörten die Freundinnen, wie Menschen das Gym betraten. Lozen zog die Kapuze des Hoodies über den Kopf, den Schlauchschal über Mund und Nase. Kelly Esposito gab ihr drei der grünen Kugeln. Sie warfen die Kugeln nach unten, die den Raum schnell grün vernebelten. Lozen setzte die Brille auf, nahm die Axt in die linke, die Waffe in die rechte Hand und ging mit Warchoi die Treppe nach unten.

45.

Vor einigen Jahren.

Vor dem einstöckigen Holzhaus, auf das Lozen zu-
fuhr, wehten die Flaggen der USA und die der New
York Yankees. Paul Guerra lebte hier. Er war im Big
Apple aufgewachsen, das hatte er mal erzählt. Die
Fassade war hellblau, Veranda, Türen, Fensterrahmen
und Garagentor waren weiß. Der Rasen vor dem Haus
war grün und gemäht. Es gab ein Beet mit violetten
Blumen. Lozen parkte und stieg aus. Sie humpelte.
Beim letzten Einsatz hatte sie eine Kugel im Unter-
schenkel getroffen. Bevor sie das Haus erreichte,
stürmten zwei Kinder aus der Tür, die Veranda hinunter auf sie zu.

„Lozen.“

„Hey“.

„Was ist mit deinem Bein?“, fragte das Mädchen.

„Nichts, ein Unfall.“

„Tut es weh?“, fragte der Junge.

„Kaum.“

Sie war das zweite Mal bei Paul Guerra zu Hause. Sie wusste nicht, warum die Kinder sie in ihr Herz geschlossen hatten. Bei ihrem ersten Besuch hatte sie mit ihm und seiner Familie zu Abend gegessen und einen Animationsfilm über surfende Pinguine geschaut, den sie schon kannte. Robin Guerra hatte sie überraschend angerufen, erzählt, sie habe von ihrem Ehemann viel über sie gehört und nicht gewusst, wen sie anrufen sollte, weil er mit dem Ruhestand nicht klarkommen würde. Sie hatte Lozen gefragt, ob sie nicht vorbeikommen könne. Warum sie nicht „Nein" gesagt hatte, wusste sie nicht. Vielleicht Mitleid, obwohl sie Mitleid fürchterlich fand.

In Shorts und Tanktop erschien Paul Guerra grinsend auf der Veranda.

„Die zwei sind schlimmer als irgendwelche Hadschis in der Wüste", sagte er.

„Absolut."

Lozen humpelte zu ihm hoch auf die Veranda und sie begrüßten sich mit Fist Bump. Er führte sie durchs ordentliche, nach Flieder riechende Haus in den Garten, in dem ein schwarzer machomäßiger Grill stand, auf den eine schlanke schwarzhaarige Frau Steaks legte. Das war Robin Guerra. Neben ihr stand ein blonder, tätowierter Riese. Paul Guerras Kinder rannten vorbei zum Swimming Pool, der aus einem robusten Stahl-Rahmen und reißfester Poolfolie in Rattan-Optik bestand. Aus einer Box kam Heavy Metal.

„Schön, dass du gekommen bist", sagte Robin Guerra und umarmte Lozen, die diese körperliche Nähe nicht mochte.

„Wie gehts dem Bein?", fragte sie Lozen.

„Nicht wichtig."

„Das will ich hören, Soldat,", sagte Paul Guerra.

„Keine Schmerzen."

„Keine Schmerzen."

Beide lachten.

„Komm mit, ich muss Bier holen", sagte er.

Sie gingen zur Garage. Ein dunkelroter SUV nahm ein Drittel der Fläche ein. An der Wand hinter der Werkbank hingen eine Winchester, eine 73er, glaubte Lozen, zwei gekreuzte Äxte, ein Wikingerschild und gerahmte Fotos der Familie und von Kriegskameraden, darunter auch sie und Kelly Esposito, was sie überraschte. Neben der Werkbank befand sich ein beklebter Stahlschrank. Lozen vermutete, dass Paul Guerra in ihm seine Schusswaffen aufbewahrte. Hinter dem Wagen stand ein alter Kühlschrank. Aus dem holte Paul Guerra eine Palette mit Bierdosen. Lozen fiel eine Staffelei auf, auf der ein nicht fertiges Bild stand. Country-Style, ein Jäger baute in einem Wald vor einem See ein Lager auf. Im Hintergrund waren verschneite Berge zu sehen. Wild-West-Romantik, irgendwie kalt und brutal, fand Lozen, die solche Bilder mochte. Sie sah fragend zu Paul Guerra.

„Ein Hobby."

Neben der Staffelei standen fertige Gemälde. Alles Landschaften.

„Du bist ein gottverdammter Künstler", sagte sie.

„Bullshit."

Paul Guerra öffnete zwei Biere und reichte ihr eines. Sie prosteten sich zu.

„Das Bein?", fragte er.

„Wird heilen."

Nachdem sie ausgetrunken hatten, brachten sie das restliche Bier nach draußen und stellten es auf einen Klapptisch. Der Riese gesellte sich zu ihnen, griff eine

Dose, leerte sie in einem Zug, zerdrückte sie und warf sie ins Gras.

„Lozen, das ist Jeff."

„Ich bin früher auch mit Paul losgezogen."

„Und heute?"

„Private Sicherheitsfirma."

„Sprich: Er verdient dickes Geld", sagte Paul Guerra.

„Richtig, aber es geht immer noch ums Vaterland."

Sein Tanktop saß eng wie eine zweite Haut. Auf dem rechten Oberarm hatte der Riese die Südstaatenflagge tätowiert. Um den Hals hing eine Kette mit Thors Hammer.

„Wir sind alle Patrioten", sagte Paul Guerra.

„Und eine Patriotin", sagte Lozen, weshalb der Riese sie irritiert anschaute.

46.

Jetzt.

Lozen wankte atemlos zum Ausgang des Gyms. Warchoi lief vor ihr. Er hatte rote Flecken auf Schnauze und Fell. Ihr Gesicht war voller Blut. Die meisten hatte sie mit der Axt erledigt. Eine Kugel hatte sie am Bein gestreift, weshalb sie humpelte. Von den fünf war keiner Paul Guerra gewesen, aber sie war sich sicher, dass er dabei war, und wollte es beenden. Sie drückte die Tür auf. Dicke Schneeflocken flogen durch die Luft. Er saß in einer grünen Winterjacke mit Pelzkragen auf der Motorhaube des Wagens und sah sie erstaunt an. Lozen feuerte und traf ihn in die Brust. Der Aufprall warf ihn zu Boden. Aber er rappelte sich auf. Schusssichere Weste, verdammt, hätte ich mir denken können, warum habe ich nicht auf den Kopf gezielt, dachte Lozen. Sie wollte erneut schießen, aber die Waffe war leer. Sie warf die Axt, Paul Guerra schaffte es, auszuweichen, und zog eine SIG Sauer M 18, die Pistole der Army. Was für eine

Ironie, dass der, der mich zu einer Waffe gemacht hat, mich tötet, dachte sie.

Warchoi sprang Paul Guerra an und biss in seinen Arm. Er schrie, ließ die Waffe fallen, stieß den Rakken weg, öffnete die Wagentür, sprang rein und raste davon. Der Rakken rannte hinterher, bis er begriff, dass er das Auto nicht einholen würde. Fuck, dachte Lozen und setzte sich müde in den Schnee. Die Beinwunde begann, zu schmerzen, und die Hände zitterten. Nach mehreren Versuchen gelang es ihr, einen Joint anzuzünden. Warchoi kam und leckte ihr blutiges Gesicht ab. Geistesabwesend streichelte sie ihn. Der Schneefall nahm zu. In der Ferne sah sie ein Feuer und die Lichter von Helikoptern. Musik wäre schön, dachte sie, irgendetwas Sanftes, was immer auch sanft im Zusammenhang mit einem Popsong bedeutete. Sie hörte, wie die Gym-Tür geöffnet wurde.

„Hab' ihn nicht gekriegt", sagte Lozen, ohne sich umzudrehen.

Kelly Esposito setzte sich neben sie.

„Bist du okay?", fragte sie.

„Das meiste Blut ist von den anderen."

Kelly Esposito legte den Arm um sie.

„War es so die ganzen letzten Jahre?"

„Es gab hin und wieder solche Momente."

47.

Vor einigen Jahren

Paul Guerra saß zusammengesunken auf einem dieser Barhocker mit Sattel. Es war weit nach Mitternacht und es waren kaum noch Gäste da. Lozen betrat die Bar und ging zu ihm.

„Zeit, nach Hause zu gehen."

„Sagt wer?"

„Deine Frau."

Robin Guerra hatte sie angerufen. Lozen kam sich wie eine Sozialarbeiterin vor. Ein Job, der ihr nicht lag.

„Die soll sich um ihren Scheiß kümmern."

„Du bist ihr Scheiß."

„Fuck."

„Yeah. Fuck."

Er war in einer miesen Verfassung. Was Lozen beunruhigte, waren seine Bilder. Robin Guerra hatte ihr die neuesten gezeigt. Er malte nach wie vor Landschaften, aber sie sahen aus wie die Hölle in einem Fantasy-Film. Rot, bedrohlich, voller Monster.

„Verpiss dich", sagte Paul Guerra zu Lozen.

„Robin wartet auf dich."

„Bestimmt nicht."

„Doch."

„Sie haben mich gefeuert."

„Das ist Monate her."

„Für mich nicht."

„Und du wurdest nicht gefeuert. Es war eine ehrenhafte Entlassung."

„Ehrenhaft entlassen heißt, dass ich physisch oder psychisch nicht mehr in der Lage bin, die zugewiesenen Aufgaben zu erfüllen."

„Jeder wird alt."

„Fuck you."

„Ich bringe dich nach Hause."

Er schlug nach ihr, aber sie wich aus, schlug ihm gegen den Hals und trat ihm zwischen die Beine. Er fiel zu Boden. Lozen sah zu zwei kräftigen Typen an der Theke, die halbwegs nüchtern aussahen.

„Helft ihr mir, meinen Freund rauszutragen?"

48.

Jetzt.

Sie erreichten das Motel am Pulaski Highway, der vom Schnee befreit war. Es war ein flacher einstöckiger Bau mit blauen Zimmertüren. In der Mitte gab es einen weißen Vorbau, in dem sich die Anmeldung befand und auf dessen Flachdach ein türkises, quadratisches Neonzeichen stand. Zu lesen war: Earl`s Motel. Lozen parkte das Räumfahrzeug. Direkt vor einem Zimmer parkte ein dunkler SUV, vor dem ein Typ in einem orangenen Skianzug stand. Sie stiegen aus. Der Typ bemerkte sie und winkten sie zu sich. Kelly Esposito sah fragend zu Lozen.

„Gehört zu Aslan.“

„Sicher?“

„Yeah. Hab‘ ihn schon mal gesehen.“

Sie gingen zu ihm.

„Du siehst scheiße aus, Lozen“, sagte der Typ.

Er war um die zwanzig und hatte kurze schwarze Haare.

„Ich tue mein Bestes."

Der Typ grinste.

„Er ist da drin", sagte er und zeigte auf die Zimmertür.

„Aslan ist hier?"

„Yeah."

„Hm."

Der Typ öffnete die Tür. Das Licht funktionierte. Musik kam aus einem kabellosen Bluetooth-Lautsprecher. Ein Neo-Punk-Song. Mädchen wollen wie sie sein, Jungs wollen wie sie sein, wurde erklärt. Es roch nach Reinigungsmittel. Im Raum standen zwei Betten mit rosengemusterter Bettwäsche. Auf einem saß Aslan Dvoskin. Zwischen ihnen befand sich ein Nachtisch, gegenüber ein Flachbildschirm auf einem Tisch, daneben der Kühlschrank der Minibar, auf dem drei Gläser, ein Kübel mit Eiswürfel und eine Flasche Rum standen. Die Teppichauslegware war grün, mit indigenem Muster.

„Harte Nacht gehabt, Dee?", fragte Aslan Dvoskin und erhob sich.

„Warum bist du persönlich gekommen?"

„Ich war in der Gegend."

„Sicher."

Er hielt Lozens Freundin die offene rechte Hand hin.

„Sie müssen Kelly Sue Rios sein."

Zögerlich gab ihm die Diebin die Hand. Nach dem Handschlag stand Aslan Dvoskin auf, ging zum Kühlschrank, füllte die Gläser mit Rum und warf Eis rein. Keine Frage, er hatte das mitgebracht. Er reichte den Frauen die Gläser. Sie prosteten sich zu und tranken.

„Das Zimmer ist eures", sagte er.

„Ich hab' dir eine Nachricht geschickt", sagte Lozen.

„Ist erst vor einer Viertstunde angekommen. Dachte, dass es zu spät ist, zur Adresse zu fahren."

„Verstehe."

Lozen humpelte ins Bad, in dem es eine Dusche, ein Waschbecken, ein Klo und grauweiße, löchrige Handtücher gab. Sie schloss die Tür, zog die Hose aus und schaute sich den Streifschuss an. Sie kehrte zurück ins Wohnzimmer, nahm die Rumflasche, fragte Aslan Dvoskin nach einem Feuerzeug, humpelte ins Bad, überschüttete die Wunde mit Rum und zündete den Alkohol an. Sie schrie. Der Gangster und Kelly Esposito stürmten ins Bad.

„Was hast du gemacht?", fragte Aslan Dvoskin.

„Desinfiziert."

„Du bist verrückt", sagte Kelly Esposito.

„Ich brauch was zum Verbinden."

„Ich hab' was im Wagen", sagte Aslan und rief seine Leute draußen an. Kurz darauf brachte der Zwanzigjährige einen Erste-Hilfe-Kasten. Lozen setzte sich auf ein Bett und verband die Wunde.

„Du bist eine harte Frau", sagte der Gangster.

Lozen zeigte ihm den Mittelfinger.

„Erklär Kelly, was du willst", sagte sie.

„Mach ich."

„Und du solltest wissen: Sie und ich, wir kennen uns."

„Wirklich?"

„Yeah. Ein verrückter Zufall."

„Zufall ist ein Fluch."

„In diesem Fall nicht."

Aslan Dvoskin lächelte sie an. Er schaute zu Kelly Esposito.

„Es ist ein einfacher Deal, Ms Rios. Sie geben mir den Namen der Person, die Ihnen den Ort verraten hat, wo mein Geld gelagert wurde, und Sie können gehen."

„Welche Garantie habe ich, dass Sie sich an die Abmachung halten?"

„Weil ich es Dee zugesagt habe."

„Das zählt für Sie?"

„Ich respektiere Dee. Wenn ich Sie hätte töten wollen, hätte ich jemand anders geschickt."

Er nippte am Rum. Ein neuer Song begann. Funkrock. Die Sängerin hoffte, dass es sich gut anfühlte.

„Also?", fragte Aslan Dvoskin.

„Was, wenn ich nichts sage?"

„Ist es Ihrem Job zuträglich, dass Sie wissen, dass ich Ihnen ständig auf den Fersen sein werde?"

„Hm."

Kelly Esposito sah zu Lozen.

„Deine Entscheidung, Kelly."

Die Diebin nannte dem Gangster einen Namen.

„Wussten Sie, wem das Geld gehört?", fragte Aslan Dvoskin.

„Ja, wusste ich."

Er grinste, weil er Mut respektierte.

„Was passiert als Nächstes?", fragte sie.

„Wie gesagt: Das wars. Allerdings hätte ich da ein oder zwei Jobs. Die sind wie für Sie gemacht."

Sie zog die Stirn kraus.

„Würden Sie nicht sagen, dass Sie glimpflich davon-kommen, Ms Rios?"

„Würde ich sagen."

Er lächelte wieder. Es war fantastisch. Er füllte die Gläser nach.

„Auf einen guten Deal", sagte er.

Nach ein wenig Small Talk, wünschte frohe Weih-nachten und verließ das Zimmer.

„Er sieht gut aus", sagte Kelly Esposito.

„Auf den Typ Mann stehst du?"

„Ich bin verheiratet."

„Das ist keine Antwort."

Lozen stellte den Fernseher an und ging auf NoW. Aufnahmen von brennenden Wagen und Geschäften, von Nationalgardisten, die rund ums Weiße Haus und dem Capitol Wache standen, von Polizisten, die die Mitglieder der Horde aus DC trieben. Die Moderato-rin sprach vom Sturm auf Washington.

„Sieht aus, als wäre es bald vorbei", sagte Kelly Espo-sito.

„Jup."

„Ob unsere Telefone gehen?"

Sie zogen ihre Smartphones und stellten sie an.

„Meines funktioniert. Drei Balken."

„Meines auch."

Lozens Gerät gab Piepgeräusche von sich. Nachrichten von ihrem Freund und ihrem Mitbewohner, die wissen wollten, wie es ihr ging. Sie teilte ihnen mit, dass sie in einem Motel in der Nähe von DC wäre. Die beiden antworteten umgehend mit Emojis und Gifs, die ihre Freude ausdrückten.

„Ich dusch erst mal", sagte Lozen und ging zurück ins Badezimmer.

49.

Vor einigen Jahren

Lozen kam gut gelaunt aus dem Kino und ging zum Ausgang der Shopping Mall, in der es lag. Sie hatte einen sinnlosen Film gesehen, in dem die Schweizer Ikone Heidi als Actionheldin einen Diktator erledigte. Auf dem Parkplatz der Shopping Mall stand Robin Guerra vor ihrem Wagen.

„Robin."

„Lozen."

„Woher wusstest du, wo du mich findest?"

Robin Guerra zögerte. Lozen ließ ihr die Zeit.

„Er hat gesagt, dass du in deiner Freizeit ständig ins Kino gehst. Und es gibt in der Nähe der Kaserne nur dieses."

„Hm."

„Worum geht es?"

„Schwierig."

„Sag es einfach."

„Er ist anders als früher."

Lozen wusste nicht, was sie antworten sollte. Am liebsten wäre sie einfach gegangen, aber das ging natürlich nicht. Sie fuhr mit der Frau zu einer Bar, die sie mochte, weil sie Independent Rock spielten und eines der Biere vom Zapfhahn ein gutes Pale Ale aus Schottland war.

„Ich bin die letzte Person, mit der du über Beziehungsprobleme reden sollest", sagte Lozen, nachdem sie angestoßen hatten.

„Er hat gesagt, du wärst die perfekte Soldatin", sagte Robin Guerra lächelnd. „Er hat früher viel von dir gesprochen. Ich war eifersüchtig."

„Es gab keinen Grund."

„Hab' ich dann auch begriffen."

Sie prosteten sich zu,

„Ich weiß nicht, wie ich dir helfen kann", sagte Lozen.

„Seit er raus ist, erkenne ich ihn nicht mehr wieder."

„Er hatte einen besonderen Job."

„Was heißt das?"

„Kann ich dir nicht sagen."

„Ich weiß nicht, ob ich ihn noch liebe."

Lozen bestellte Tequila. Sie fühlte sich überfordert.

50.

Jetzt.

Als Lozen im Handtuch gewickelt aus der Dusche kam, lag Kelly Esposito auf dem Bett, barfuß, mit einem Glas voll Rum in der Hand. Der Fernseher lief. Stummgeschaltet. Sie telefonierte. Lozen vermutete, mit ihrer Frau, denn sie versicherte ständig, dass es ihr gut ginge. Sie setzte sich auf ihr Bett und rief Lionel an.

„Hey", sagte er.

Es war ein Video-Call. Er saß auf dem Sofa in ihrem Haus.

„Hey."

„Die Nacht gut überstanden?"

„Was denkst du?"

„Dass du mittendrin warst."

Lozen gab ihm den Daumen hoch.

„Neue Narbe?"

„Yeah."

Es war am Anfang ihrer Beziehung ein Spiel gewesen. Er hatte auf eine ihrer vielen Narben gezeigt und sie hatte ihm erzählt, woher sie kam.

„Ich erzähl es dir, wenn ich nach Hause komme", sagte sie.

„Weißt du schon, wann?"

„Bald."

„Schön."

„Bis dann."

Sie beendete den Anruf.

„Sind die Gespräche mit deinem Boyfriend immer so ausführlich und emotional?", fragte eine grinsende Kelly Esposito.

Lozen zeigte ihr den Mittelfinger. Auf dem Fernseher betrat Adam A. Kettle im schwarzen Anzug eine Bühne und stellte sich hinter das Pult des Presse-Raumes des Weißen Hauses. Lozen nahm die Fernbedienung von Kelly Espositos Bett und stellte den Ton an.

„Die Hauptstadt ist angegriffen worden. Meine amerikanischen Mitbürger und Mitbürgerinnen, wir stehen vor einem entscheidenden Wendepunkt. Bei den kommenden Wahlen geht es nicht darum, wer gewinnt. Es geht um unsere Demokratie, um die Zukunft unserer Nation. Jede Generation muss unsere Demokratie verteidigen, schützen und bewahren. Wir, das Volk, entscheiden, ob wir zulassen, dass die dunklen Mächte und der Machthunger siegen. Der Sturm auf Washington war ein Putschversuch. Wer teilgenommen hat, wird verfolgt, verhaftet und bestraft."

„Schalt um", sagte Kelly Esposito.

„Zu deprimierend?", fragte Lozen.

„Leeres Gelabber. Er geht, seine Frau kommt. Ist das noch Demokratie?"

Lozen setzte sich mit der Fernbedienung neben die Diebin, die ihr das Glas reichte, aus dem sie einen tiefen Schluck nahm.

„Wow, ich kenne nicht viele, die so große Schlucke nehmen können."

Lozen zuckte mit den Schultern.

„Das ist wie früher", sagte Kelly Esposito, die Lozen in den Arm nahm. „Wir dröhnen uns nach einem Einsatz zu und pflegen unsere Wunden."

Kelly Esposito nahm die Fernbedienung aus Lozens Hand, zappte, bis sie zufällig auf die koreanische Serie stieß, die sie in der Billardhalle geschaut hatte.

Eine Schülerin kletterte an einem Gebäude an einem behelfsmäßigen Seil zwei Stockwerke nach unten. Durch die Fenster sah sie die Zombies, die durch die Klassenräume tobten. Kelly Esposito gab Lozen einen Kuss auf den Mund, den diese erwiderte.

51.

Vor einigen Jahren

„Danke, dass du mir hilfst", sagte Robin Guerra.

„Kein Ding", sagte Lozen.

„Wie ist der neue Job beim CID?"

„Anders. Weniger körperlich. Denkarbeit."

Die Frauen schleppten die letzten Umzugskartons in den Van.

„Das ist alles?", fragte Lozen.

„Ja. Danke für die Hilfe."

„Kein Ding."

„Steigt ein", sagte Robin Guerra zu ihren Kindern, die in den Minivan kletterten. Lozen setzte sich auf den Beifahrersitz. Robin Guerra startete den Wagen und fuhr los.

„Wo ist er?", fragte Lozen.

„Keine Ahnung. Wahrscheinlich mit Jeff auf irgendeinem Meeting."

„Jeff?"

„Jeff Kirkman. Riesiger Kerl. Du bist ihm mal auf einem unserer Grillabende begegnet."

„Blond. Thors Hammer. Arbeitet im Sicherheitsbereich."

„Das ist er. Ein echter Spinner. Wie Paul ein Wikinger-Fan. Er glaubt, dass Weiße aussterben und die Regierung in DC uns betrügt. Paul ist voll auf diesen Unsinn abgefahren."

Robin Guerra bog nach links.

„Paul wird erfahren, dass du mir geholfen hast. Er hat Freunde in der Nachbarschaft. Und dann wird er sauer auf dich sein", sagte sie.

„Ich werde es überleben."

Robin Guerra lachte.

„Sicher wirst du."

Robin Guerra hatte sie angerufen, weil ihr Ehemann zu viel trank, zu viel Psychopharmaka einwarf und dann gewalttätig wurde, weshalb sie beschlossen hatte, ihn zu verlassen. Lozen hatte gefragt, warum sie ausgerechnet sie kontaktiert habe. Sie kannten sich nicht gut. Weil sie glaube, dass Paul Angst vor ihr hätte, hatte Robin Guerra gesagt. Lozen wusste nicht, ob ihr die Antwort gefiel.

„Bist du bei deinen Eltern sicher?", fragte Lozen.

„Er wird uns nicht folgen. Mein Vater war auch Soldat und hat ein Purple Heart. Paul verehrt ihn."

52.

Jetzt.

Lozen holte eine Weißweinflasche und Gläser aus der Küche, die durch eine Theke vom Wohnbereich getrennt war. In dem befanden sich ein dreisitziges Sofa, auf dem Kelly Esposito saß, ein flacher Holztisch und ein beeindruckender Flat-Screen-Fernseher. Es war März. Die Freundinnen hatten in den vergangenen Monaten oft telefoniert und sich Nachrichten geschickt. Lozen setzte sich neben Kelly Esposito aufs Sofa, Warchoi legte sich vor ihre Füße.

„Ein solches Haus hätte ich dir nicht zugetraut", sagte Kelly Esposito.

„Wieso?"

„So normal, so ordentlich, so ein schöner Garten."

„Das ist Johnnies Verdienst."

„Johnnie ist dein Freund, richtig?"

„Nope. Mein Mitbewohner. Lionel ist mein Freund."

Kelly Esposito lachte.

„Ich bleib dabei. Du bist nicht beziehungsfähig."

„Warum kann man nicht zu dritt eine Beziehung haben?"

„Du solltest feministische Mormonin werden."

„Warum muss ich da an Massimo denken?"

„Weiß ich nicht."

„Was ist aus ihm geworden? Weißt du das?"

„Lebt irgendwo an der Westküste."

„Hm."

Lozen schenkte Wein ein.

„Guerra ist wirklich in New York?", fragte Kelly Esposito.

„Yeah."

Seit dem Sturm auf Washington gingen Fotos von Paul Guerra um die Welt. Wegen der Maske mit den brennenden Hörnern auf dem Kopf blieb seine Identität ein Geheimnis. Lozen hatte keinen Hinweis auf seinen Verbleib gefunden. Dann war er bei einem Unterboss von Aslan Dvoskin in New York aufgetaucht, hatte seine Dienste als Bodyguard und Schläger angeboten. Offenbar war er pleite. Der Gangster hatte Lozen informiert.

„Wieso hat Dvoskin von ihm gewusst?"

„Du magst ihn immer noch nicht."

„Stimmt."

„Hat er dich schlecht behandelt?"

„Nein, im Gegenteil. Er ist fair. Seine Aufträge sind in Ordnung und er zahlt gut."

„Also?"

„Ich mag keine Abhängigkeiten."

„Geht mir auch so."

Sie prosten sich zu und tranken.

„Woher wusste er also von ihm?"

„Ich habe mir gedacht, dass Guerra untertaucht und Geld braucht. New York ist für beides perfekt. Deshalb hatte ich mit Aslan gesprochen."

„Wieso?"

„Guerra kommt aus Queens."

„Wusste ich nicht."

„Deshalb war es nicht unwahrscheinlich, dass er zurückgeht. Ein Territorium, das er kennt."

„Und Aslan hat dir die Info umsonst gegeben?"

„Er wird mich schon auf die eine oder andere Weise zahlen lassen."

„Woher wissen wir, dass er zum Boxkampf kommt?"

„Aslan hat ihm eine Karte geschenkt. Als Bonus für gute Arbeit."

„Deine Idee?"

„Yeah."

Sie prosteten sich erneut zu.

„So oder so, du bist die Horde los", sagte Lozen. „Ich habe die Daten entschlüsseln lassen und weitergeleitet. Carl Denvers wurde heute Morgen verhaftet. Er ist keine Gefahr mehr."

Sie rief auf dem Smartphone die Seite des Homer Bugle auf, einer regionalen Website und Zeitung aus Chayton County, South Dakota. Ein Foto zeigte, wie der Sheriff und seine Deputys Carl Denvers, der im Rollstuhl saß, aus dessen Haus schoben. „Verschwörer verhaftet" war die Schlagzeile.

„Was wird mit ihm passieren?", fragte Kelly Esposito.

„Er hat sich der staatsgefährdenden Konspiration, wie es so schön heißt, für schuldig bekannt. Er wird verurteilt."

„Ich hätte da Fragen."

„Ich höre."

„Wer hat die Daten für dich entschlüsselt?"

„Nicht wichtig. Alte Kontakte. Hier in DC."

„Hm."

Die Haustür ging auf und zwei Typen, bepackt mit Einkaufstüten, betraten das Wohnzimmer.

„Hey", sagte der jüngere, mit asiatischen Gesichtszügen und langen schwarzen Rasta-Locken.

„Johnnie, Lionel, das ist Kelly."

„Hey. Willkommen. Wir sind gleich bei euch. Wir stellen nur die Einkäufe in die Küche", sagte Lionel.

„Bringt euch Gläser mit."

„Und am besten eine neue Flasche, oder?", fragte Johnnie To.

Nachdem er die Einkaufstüten auf die Theke gestellt hatte, holte er eine Flasche und zwei Gläser und drängelte sich zwischen die Frauen. Lionel machte es sich im Sessel gemütlich.

„Was essen wir?", fragte Lozen.

„Verschiedene japanische Vorspeisen. Pilze im Kartoffelmantel, Edamame angebraten mit Chili", sagte Johnnie To.

„Klingt lecker", sagte Kelly Esposito.

„Du kochst?"

„Nicht wirklich."

„Wenn ich es richtig verstanden habe, kennst du Lozen, seit sie ein Teenager war", sagte Johnnie To, während er die Gläser füllte.

„Yeah."

„Wie war sie so?", fragte Lionel.

Kelly Esposito grinste.

„Das geht euch nichts an", sagte Lozen.

Johnnie To drehte demonstrativ seinen Rücken zu Lozen und stieß mit Kelly Esposito an.

„Was für Frauen und Typen mochte sie damals?", fragte er.

„Und wie viele Häuser hat sie abgefackelt?", fragte Lionel.

Kelly Esposito sah fragend zu Lozen.

„Du antwortest auf keinen Fall, Kelly."

„Warum nicht?"

„Ja, warum nicht?", fragte Johnnie To. „Wir kochen und haben viele Flaschen Weißwein. Da ist genug Zeit."

53.

Vor einigen Jahren

Die schwitzende Frau mit Übergewicht im zu engen Tanktop und in Thai-Box-Shorts schlug einen Haken. Lozen, die auf der Stirn blutete, wich aus. Die schwitzende Frau stürmte wild schlagend auf sie zu, landete einen Körpertreffer und drückte sie gegen die Holzwand des Stalls, in dem sie kämpften. Lozen machte einen Ausweichschritt, schlug gegen die Schläfe und einen Uppercut gegen das Kinn. Die schwitzende Frau wich wankend zurück. Ihre Arme waren unten. Lozen verpasste ihr einen Haken. Die Schwitzende fiel wie ein Sack zu Boden. Der Kampf war zu Ende. Die Zuschauer, die auf Lozen gesetzt hatten, jubelten. Sie ging zum Rucksack, den sie in eine Ecke gestellt hatte, wischte sich mit einem Handtuch das Blut von der Stirn, holte eine Flasche Wasser heraus und leerte sie.

„Du bleibst eine Killerin", sagte eine Stimme.

Sie drehte sich um. Paul Guerra stand vor ihr. Mehr Falten um die Ohren, mehr Muskelmasse auf den

Knochen. Der nackte Oberkörper war mit keltischen Runen tätowiert. Auf der linken Brust war ein zähnefletschender Wolf, auf der linken ein Kreis, in dessen Inneren sich acht Stacheln befanden. Wegen der beigen Cargohose und den Stiefeln wirkte er wie ein Soldat.

„Ist der Job beim CID so langweilig?", fragte er.

Lozen konnte nicht anders als grinsen. Weil er nicht unrecht hatte. Obwohl sie die Ermittlungsarbeit mochte, fehlte ihr etwas. Sie hatte im Army Team geboxt und an Turnieren teilgenommen, aber es hatte ihr nicht gereicht. Deshalb ging sie zu Underground-Kämpfen.

„Woher weißt du das vom CID?"

„Ich hab' noch Freunde bei der Army."

„Hm."

Blut lief von der Stirnwunde in ihr Auge. Sie holte ein Päckchen mit Latexhandschuhen, eines mit Adrenalin-Fläschchen und eines mit Mullbinden aus dem Rucksack.

„Gut ausgerüstet", sagte Paul Guerra. „Lass mich dir helfen."

Er zog Latexhandschuhe über, riss ein Stück Mullbinde ab, öffnete ein Fläschchen, tränkte die Binde mit dem blutstillenden Medikament und drückte sie sanft auf die Wunde.

„Danke", sagte sie.

„Keine Ursache."

Sie legte ihren Zeige- und Mittelfinger auf die Mullbinde. Er zog seine Hand zurück.

„Und was machst du hier?", fragte sie.

„Was denkst du?"

„Dass du hoffentlich nur kämpfen willst. Ich sag dir nicht, wo Robin und die Kinder sind."

„Das ist vorbei."

„Gut zu hören."

„Hältst du mich für einen Psycho?"

„Bei unserem Job ist es normal, irgendwann nicht mehr zu wissen, was normal ist."

„Bist du deshalb an diesem Ort?"

„Wir reden nicht über mich."

Paul Guerra lächelte.

„Hola Chica", sagte jemand hinter Lozen und sie drehte sich um. Ein betrunkener, übergewichtiger Latino gratulierte ihr zum Sieg.

„Thanks."

„Hell yeah, du hast die Schlampe alle gemacht."

Er klopfte ihr auf die Schulter, gab ihr die Daumen-hoch-Geste und wankte zu einer Frau im zu engen und kurzen Kleid, die Bier verkaufte. Als Lozen sich um-drehte, war Paul Guerra auf dem Weg zu seinem Kampf. Irgendwie hoffte sie, ihn nie wieder zu sehen.

54.

Jetzt.

Der Madison Square Garden war ausverkauft. Das Publikum grölte. Es sah den Boxkampf des Jahrzehnts, wenn man dem übertragenden Sender glauben konnte. Die zehnte und letzte Runde, Isis Montoya schlug einen harten Jab. Der Kopf ihrer britischen Gegnerin Dinah Queen zuckte zurück. Der Kampf war ausgeglichen. Isis Montoya war die unumstrittene Boxweltmeisterin im Halbmittelgewicht und Mittelgewicht, die erste Boxsportlerin überhaupt, die in zwei Gewichtsklassen die vier bedeutenden WM-Titel vereinen konnte. Keiner Frau, keinem Mann war das vorher gelungen. Sie hatte knapp dreieinhalb Jahren seit ihrem Profidebüt und zehn Kämpfe dafür gebraucht, was sie auch zur schnellsten Boxweltmeisterin machte. Lozen war ein Fan.

Als die Glocke den Kampf beendete, erhob sich Paul Guerra, der den Bart abrasiert hatte, was ihn jünger

aussehen ließ, und sprach kurz mit seinem Sitznach-
barn, einem dicken Typ mit Brille, mit dem er wohl
zufällig ins Gespräch gekommen war. Lozen beobachtete ihn durch ein Fernglas.

Im Ring hoben die Boxerinnen die Fäuste. Es dauerte
eine Weile, bis der Ringsprecher die Wertung der
Schiedsrichter verkündete, dass Isis Montoya gewonnen hatte. Knapp. Split Decision. Das Publikum tobte.
Paul Guerra nahm seine Jacke. Lozen fiel auf, dass
ihm die rechte Hand fehlte. Warchoi hatte kräftig zu-
gebissen, dachte sie. Den Rakken hatte sie bei Johnnie
To und Lionel gelassen.
„Er haut ab", sagte sie zu Kelly Esposito, die neben
ihr saß.
„Let`s go."

Paul Guerra verließ den Madison Square Garden, ging
zur Subway Station, fuhr bis zur Endstation, nahm
einen Bus, stieg nach zwölf Stopps aus und wanderte
eine dunkle Straße hinunter, bis er sein Zuhause erreichte. Lag in einer miesen Gegend. Viele Häuser
waren nicht bewohnt. Er ging zu einem ohne Garage.

Es unterschied sich von den benachbarten Gebäuden durch einen zwei Meter hohen Drahtzaun und zwei Mastiffs, die durch den Garten patrouillierten.

„Zaun und Hund, die billigste Alarmanlage, die es gibt", sagte Kelly Esposito.

„Hm."

Er schloss die Gartenzauntür auf, tätschelte die Köpfe der herbeigelaufenen Hunde, ging zum Haus, schloss die Tür auf und betrat das Gebäude. Licht ging an.

„Wir kommen morgen wieder", sagte Kelly Esposito.

„Yeah."

„Und wir bringen ihn nicht um."

„Sondern?"

Kelly Esposito machte eine Grimasse.

Am nächsten Abend warteten sie bis weit nach Mitternacht. Erst vor einer Stunde hatte Paul Guerra die Jalousien runtergelassen und die Lichter gelöscht. Kelly Esposito zog zwei daumendicke Stangen aus ihrem Rucksack, steckte sie zusammen, holte eine schwarze Plastikschachtel aus der Jackentasche, in der Pfeile mit roten Spitzen lagen. Lozen sah sie fragend an.

„Blasrohr und Betäubungspfeil."

„Für die Hunde."

„Ich bring uns rein, du erledigst den Rest."

Lozen zog Handschuhe an, die Kapuze des Hoodies über den Kopf und den Schlauchschal über Mund und Nase. Als sie am Zaun standen, rannte einer der Mastiffs knurrend auf sie zu. Kelly Esposito schoss einen Pfeil ab und traf. Das Tier, das ein leises Jaulen von sich gab, machte zwei Schritte und brach ohnmächtig zusammen. Kelly Esposito steckte einen neuen Pfeil ins Blasrohr und war bereit, als der zweite Hund auftauchte. Wieder traf sie beim ersten Schuss.

Lozen schnitt ein Loch in den Zaun. Kelly Esposito schlüpfte hindurch und zog die Pfeile aus den Hunden. Die Freundinnen durchquerten den Garten, kletterten in den ersten Stock und gelangten durch ein offenes Fenster ins Haus, in einen Raum mit rostigen Hanteln und einem geflickten Ledersandsack. Eine Tür führte in einen Flur. Es gab zwei Türen. Eine führte in einen leeren Raum, die andere in ein Schlafzimmer. Aber niemand lag im Bett. Die Freundinnen sahen sich überrascht an.

„Wo verdammt ist er?", fragte Kelly leise.

Lozen zuckte mit den Schultern.

Sie schlichen ins Erdgeschoss, wo es nach Rheumasalbe und Farbe roch. Paul Guerra lag auf einem ausgezogenen Schlafsofa gegenüber dem Flatscreen. Kelly Esposito steckte einen Pfeil ins Blasrohr und schoss ihn in seinen Hals. Er grunzte kurz, aber kam nicht zu sich. Kelly Esposito zog den Pfeil aus den Hals und machte Licht. Das Wikingerschild und die gekreuzten Äxte aus seiner alten Garage hingen an der Wand. Auf einem ansonsten leeren Regal stand die Maske mit den Hörnern, die er in DC getragen hatte. In einer Ecke stand eine Staffelei, auf der ein unfertiges Bild stand, das ein Monster in einem dunklen Wald zeigte. Davor, auf dem Boden, befand sich ein Glas mit Pinseln und eine dreckige Mischpalette.

Sie schauten auf den betäubten Paul Guerra, der ruhig atmete und friedlich aussah.

„Ohne ihn wären wir nicht, wer wir sind", sagte Lozen.

„Ohne ihn würde es uns besser gehen."

„Wissen wir nicht."

„Doch. Wissen wir."

„Also willst du ihn doch umlegen."

„Nein. Er lebt."

„Hm."

„Er lebt."

Die Freundinnen durchsuchten das Haus und fanden in einer Abstellkammer Messer, Schlagringe, Handfeuerwaffen, eine abgesägte Schrotflinte und eine kugelsichere Weste, auf die schon mal geschossen worden war. Vielleicht die aus der Nacht, dachte Lozen. Sie steckte zwei Schlagringe ein. Kelly Esposito sah sie fragend an.

„Kann ich gebrauchen."

„Hm."

Lozen machte mit dem Smartphone Fotos von den Waffen, der Weste, der Maske und dem schlafenden Paul Guerra, die sie mit der Adresse des Hauses an jemanden mailte.

„Du schickst das wieder dem Typen, dem du auch die Infos über Denver geschickt hast?"

„Yeah."

„Woher kennst du ihn?“

„Von der Arbeit.“

„Er muss Einfluss haben.“

„Er sitzt im Weißen Haus.“

Kelly Esposito zog die linke Augenbraue hoch.

„Frag nicht.“

„Und er ist um diese Uhrzeit wach?“

„Er schläft wenig.“

Sie verließen das Haus, wie sie gekommen waren, und versteckten sich in einem unbewohnten Haus schräg gegenüber.

„Und du meinst, er wird sofort jemand schicken?“

„Hey, den Kerl mit den brennenden Hörnern zu fassen, lässt ihn und seinen Politiker gut aussehen.“

„Wer ist sein Politiker?“

„1600 Pennsylvania Avenue NW Washington ist sein Amtssitz.“

„Wirklich?“

„Yeah.“

„Fuck.“

Sie mussten nicht einmal zwanzig Minuten warten, dann fuhren zwei schwarze SUVs vor und eine Frau und zwei Kerle in dunklen Anzügen eilten ins Haus.

„Es wäre besser gewesen, Guerra umzulegen. Er kommt in den Knast, ein paar Jahre, dann Bewährung. Für einen Typen wie Guerra wird das kein Problem", sagte Lozen.

„Er ist alt. Vielleicht bekommt er Alterskrebs."

„Du hast recht."

„Womit?"

„Dass man die Hoffnung nie aufgeben soll."

Personenregister in alphabetischer Reihenfolge:

Jack Cebulski, ein Drogenhändler und Zuhälter

Chen, ein Mandarin sprechender Afroamerikaner und Cebulskis Partner

Aslan Dvoskin, ein Gangster, für den Lozen Graham arbeitet

E. P., ein Dealer und Freund von Lozen, als sie eine Teenagerin war

Kelly Esposito, eine Diebin und Freundin von Lozen

Fouad, Jacks Bodyguard

Paul Guerra, Soldat und Ausbilder von Kelly und Lozen und Gründer der „Green Faces"

Gene Montclare, der Organisator der Butterflyfights

Lozen Graham, eine ehemalige Scharfschützin und Ermittlerin des CID, die jetzt unter dem Namen Dee Freeman als Freelancerin unterwegs ist

Goran Hickman, ein Mitglied der „Green Faces"

Adam A. Kettle, Präsident der USA

Lionel, Lozens Freund

Locke, ein drogenverkaufender Ausbilder der „Green Faces"

Jessica Morales, eine militante Umweltschützerin

Rhim, Besitzerin eines koreanischen Delis

Johnnie To, ein Dieb und Lozens Mitbewohner

Warchoi, ein Rakken